한의사 염용하의

내 몸을 살리는
생각 수업

한의사 염용하의

내 몸을 살리는
생각 수업

【 관계 안에서 흔들리지 않고 나답게 사는 법 】

염용하 지음

동아일보사

생각이 병을 만든다

40대 남성 B씨가 최근 몸이 좋지 않은 걸 느껴 병원에 가서 검사를 받았다. 스트레스 때문에 신경성 후두염이 왔다는 진단을 받고 치료를 열심히 했지만 그래도 상황은 별로 나아지지 않았다. 하루 종일 목에 가래가 걸려 있는 느낌이 나서 화장실에 가서 캑캑거리면서 뱉어내려고 용을 쓰지만 나오는 것은 침뿐이었다. 물을 마셔도 걸린 게 내려가지 않고, 온종일 그렇게 하자니 목도 따가울 지경이었다.

　걱정이 된 B씨는 혹시나 하는 마음에 내가 운영하는 한의원에 찾아왔다. 진맥을 해보니 B씨는 원래 심장이 약해서 겁이 많은 체질이었다. 본인은 이렇게 살고 이렇게 말하고 이렇게 행동하고 싶은데, 현실에서는 그렇게 하지 못하는 까닭에 답답함을 느껴오던 차였다. 거기에 더해 몇 년째 회사에서 승진이 누락되다 보니 스트레스가 쌓이고 쌓여 급기야 후두가 굉장히 불편해진 것이다. 평소 B씨처럼 생각의 밀도가 높은 사람은 사소한 것까지 꼼꼼하게 챙기고 마음에 새겨둔다. 성격이 착해서 기분 나쁜 일이 있어도 꾹 참고 묵묵히 자기 일만 한다.

나는 B씨에게 간단한 처방을 내주며 "말 좀 하고 사세요. 가끔은 눈치 보지 말고 하고 싶은 대로 해보세요"라고 권해주었다. 그런데 그 순간 생각지도 못한 일이 벌어졌다. B씨가 갑자기 울컥하더니 눈물을 쏟아낸 것이다. 자기 속을 알아주는 듯한 말이 가슴에 와닿았을까. B씨는 회사와 가정에서 느

한의사 염용하의 내 몸을 살리는 생각 수업

끼는 고민을 머뭇머뭇 털어놓았고, 나는 그의 말을 들어주며 체질에 도움이 되는 조언을 몇 가지 해주었다.

상담이 효과가 있었는지 그 후 B씨의 상태는 점점 호전되었다. 그전까지는 목이 갑갑해서 미칠 지경이었는데 조금씩 편해지는 걸 느낀다며, 이제는 한의학에 깊은 신뢰가 생겼다고 말했다.

나는 한의사가 된 이래 지금까지 20만 명이 넘는 환자를 진료해왔다. 진맥을 통해서 어떤 요인이 당사자의 몸을 괴롭히고 있는지 알아맞힐 수 있을 정도여서 때로는 환자와 가족들이 모르고 있던 문제를 먼저 발견하기도 한다. 그래서인지 주변 사람들에게 '용하다'는 명성도 얻었다.

환자들은 저마다의 사연을 가슴에 안고 의원 문을 두드린다. 원인이 없는 병통이 없듯, 사연이 없는 환자는 없다. B씨도 마찬가지였다. 그런데 무수한 환자들의 사연을 듣고 다양한 질환을 현장에서 접하면서 느낀 점이 한 가지 있다. 바로 생각이 병을 만든다는 사실이다. 병은 다른 무엇도 아닌 바로 본인의 생각에서 빚어지는 경우가 많다. 그런 까닭에 내가 이 책에서 주장하듯이, 생각을 바꾸면 체질뿐만 아니라 운명이 바뀔 수도 있는 것이다. 마음을 치유하는 의사가 명의라고 불리는 이유와도 같다.

많은 사람이 어떤 문제가 발생할 때 자신보다는 남 탓을 하기 일쑤다. 늘 남 때문에 자기 삶이 이다지도 괴롭고 힘들다고 하소연한다. 하지만 사실은 그렇지 않다. 삶이란 결코 내가 원하는 방향으로만 흘러가지 않는다. 나를 둘러싼 가족, 친구, 지인을 비롯해 사회적인 관계를 맺고 있는 회사 상사, 동료, 부하 직원, 또는 여러 형태의 모임 회원에 이르기까지

한의사 염용하의 내 몸을 살리는 생각 수업

다양한 사람과 영향을 주고받기에 미리 계획한 대로 일이 이루어지기 어렵다. 다양한 관계 속에서 중심을 잃지 않으려면 무엇보다 자신의 생각을 잘 가다듬어야 한다. 그게 남편 탓, 아내 탓, 자식 탓, 부모 탓, 회사 탓, 상사 탓을 하면서 욕하고 분노하는 것보다 백배 효과적이다.

언제나 사람과 상황, 때에 맞추어 판단할 줄 알면 대체로 좋은 결과를 기대할 수 있다. 평소 상대를 존중하면서 깊고, 넓고, 밝게 생각하는 사람은 지혜로운 선택을 할 수 있다. 이와 반대로 늘 남을 무시하며 얕고, 좁고, 비판적으로 생각한다면 그에 따른 대가를 치러야 한다.

우리가 가장 편하게 생각하는 가족 사이에서도 이 같은 원리는 똑같이 적용된다. '존중'과 '배려'라는 두 가지 원칙을 내팽개친 채 함부로 대하면 그럴 것 같지 않은 가족 관계에도 틈이 벌어지기 시작한다. 우리가 맺는 인간관계의 기본 단위가 바로 가족이다. 그러므로 이 단위 안에서 부정적인 생각의 파편이 만들어지면 삶 전체에 좋지 않은 영향을 줄 수밖에 없다.

가족뿐 아니라 나 자신도 바꾸기 힘든 게 현실이다. 그런데도 나와 성장 과정이 완전히 다르고 생각 차이도 큰 생면부지의 타인에게 내 주장을 강요하는 순간 인생의 궤도는 행복에서 불행으로 옮겨 간다. 그보다는 내가 상대를 대하는 관점을 바꾸는 편이 낫다. 한마디로 자기 성찰이 필요한 것이다. 내 생각이 틀릴 수도 있고, 똑같은 사건도 다른 사람은 전혀 다른 뜻으로 받아들일 수 있다. 평범한 말과 행동도 왜곡되어 오해의 소지를 만들 수 있다. 또한 늘 내 생각에만 머물러 있으면 변화하고 있는 세상의 흐름을 놓치기 일쑤다.

한의사 염용하의 내 몸을 살리는 생각 수업

생각이 모든 것을 결정한다. 이 순간 어떤 말을 할지, 어떻게 처신할지, 감정과 이성을 어떻게 버무릴지 결정하는 것은 내 생각이다. 상대를 인격적으로 존중하고 관용을 베풀 줄 아는 기반도 바로 내 생각이다. 생각의 높이와 넓이, 깊이, 온도, 습도, 속도를 알맞게 갖추었다면 행복을 만들어갈 최소한의 준비는 된 셈이다.

우리는 행복하게 살기 위해 많은 노력을 한다. 운동, 맛집 탐방, 휴식, 여행, 독서 등을 통해 자신의 삶을 잘 가꾸려고 부단히 노력한다. 하지만 세상은 나 혼자 살아가는 게 아니다. 주위 사람들과 더불어 행복해지려는 마음이 필요하다. 상대를 행복하게 해주겠다는 마음을 잊지 않고 계속 실천하는 사람은 자신의 삶 또한 즐겁고 행복해진다. 다른 사람의 생각을 경청하고, 아픔을 위로해주고, 잘한 점을 칭찬해준다면 삶이 외롭다고 느낄 겨를이 없다. 그러지 않고 언제나 내 기분만 고집한다면 주위 사람들과 끊임없이 부딪히면서 스트레스로 고통받을 뿐이다. 세상살이가 즐겁지 않으면 어느 순간 뒤늦은 후회가 가슴 한구석을 채우게 된다. 다시 한 번 강조하지만, 나 자신의 삶이 소중하듯 나와 인간관계를 맺고 있는 사람들의 삶 또한 존중받아야 한다.

이 책은 30년이 넘는 세월 동안 환자를 진료하면서 나름대로 고민한 흔적을 틈틈이 기록한 결과물이다. 물론 생각이 병을 만든다는 평범한 진리를 깨달았다고 해서 누구나 단번에 지금까지의 태도를 일신할 수 있는 것은 아닐 터다. 생각을 바꾼다는 것은 사실 말만큼 쉽지 않은 일이기 때문이다. 만약 모두가 마음먹은 대로 생각을 바꿀 수 있다면 이 세상에는 더 이상 병으로 고통받는 사람이 없을지도 모르겠다.

한의사 염용하의 내 몸을 살리는 생각 수업

그러나 계속해서 실패하더라도 끊임없이 시도하면서 조금이라도 더 나은 삶의 조건을 만들어가야 하는 것은 당연하다. 우리는 행복해질 권리가 있고, 건강하게 살아갈 의무가 있다. 이 책이 행복과 건강을 찾는 과정에서 자신의 모습을 되돌아보고 성찰할 수 있는 동기가 될 수 있기를 바랄 뿐이다.

2019년 여름
염용하

차 례

【2장】 인생길에서 누구를 벗할 것인가

【3장】 살아가는 데도 힘 조절이 필요하다

【4장】 몸은 우리에게 말을 한다

【5장】 어떤 마음가짐으로 살 것인가

1장

생각의 차이가
곧 삶의 차이다

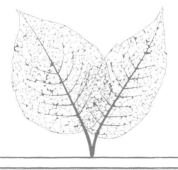

．

절대적 옳음도 절대적 진리도 없다.

．

생각의 색깔이
내 삶을 결정한다

【생각의 색깔】

우리 주위에는 밝은 느낌으로 환한 표정을 짓는 사람이 있는가 하면, 뭐가 못마땅한지 늘 인상이 어두운 사람이 있다. 그에 따른 첫인상이 그 사람의 이미지를 좌우한다. 상냥하고 쾌활한 분위기를 풍기는 사람은 대중을 상대하는 직업일수록 좋은 인상을 줘서 플러스적인 측면이 많다. 얼굴이 어둡고 인상이 딱딱해 보이면 쉽게 말을 걸기 힘들고, 친절하게 대한다고 해도 만족도가 떨어진다.

어느 누구나 인상이 좋은 사람을 선호하는 경향이 있다.

밝은 에너지가 기분을 좋게 해주니 인기도 높아질 수밖에 없다. 그에 더해 사교성이 뛰어나고 재치까지 갖췄다면 더 말할 나위 없다.

그런가 하면 얼굴을 마주할 때마다 기분 나쁜 말을 스스럼없이 하는 불평불만주의자들이 간혹 있다. 오늘 입은 옷 색깔이 맞지 않는다는 둥, 스타일이 구식이라는 둥, 헤어스타일이 얼굴하고 안 어울린다는 둥 마음에 걸리는 이야기를 툭 던져 좋은 기분을 망쳐놓는다. 그런 사람은 자기 삶 자체가 불만투성이니 다른 사람들을 봐도 자기 마음에 들지 않는다. 그냥 넘어가도 될 일을 딱 꼬집어 말하면서 여러 사람을 피곤하게 한다. 입을 가만히 두면 좋으련만 안 해도 될 말을 꼭 해서 화목을 깨뜨리는 트러블 메이커다. 자기한테 조금 잘해주면 티 나게 편애하지만, 대들거나 반대 의견을 내놓으면 대놓고 냉대한다. 기피 인물 1호로 지정되는 불명예를 안고 있건만 자기가 무엇을 잘못했는지 되돌아볼 줄은 모른다.

자세히 살펴보면 그런 사람은 대개 어릴 때 인정받지 못하고 꾸중만 듣고 자란 성장기의 아픔을 지니고 있다. 그래서

한의사 염용하의 내 몸을 살리는 생각 수업

불쾌하고 칙칙한 기억의 웅덩이에 빠져 은연중에 타인을 공격하고 불만을 늘어놓게 되는 것이다. 과거의 기억과 내면에 감추어진 증오와 원망이 깨끗하게 씻겨나가야 새로운 사람이 된다. 어둡고 공격적인 생각을 가지고 살면 자기 몸만 축날 뿐이다. 불만지수가 높아지고 감정 조절이 잘 안 되며 지방간, 간수치 이상, 간염, 담석증, 담낭염으로 고생하기도 한다.

그렇다면 자기 인상을 180도 다르게 바꾸는 것은 가능할까? 답은 '가능하다'이다. 실제로 얼마간 연락이 없어 잊고 지내던 사람이 어느 날 보니 예전에 알던 인상이 아닌 것 같은 느낌을 받을 때가 종종 있다. 또한 멋진 웃음이 트레이드마크였던 사람이 어두운 인상으로 변하는 경우도 있다. 우울했던 사람이 종교생활과 취미활동을 통해 과거의 어두운 분위기를 떨쳐내고 생기발랄하게 살아가는 경우도 있다. 저질체력으로 하루하루를 억지로 버티던 사람이 식단을 바꾸고 가벼운 운동을 규칙적으로 하며 한의학적 전문치료를 받아 에너지 넘치는 모습이 되기도 한다. 힘든 그늘이 걷히고 태양이 밝게 빛나는 삶을 사니, 매사 불만스러웠던 마음이 물러나고 행복하고 의욕에 찬 생각이 차오른다. 세상을 바라보는 눈도 무한 긍정으로 바뀐다.

생각이 내 삶을 만든다. 밝음과 어둠에서 시작된 조그마한 차이는 시간이 지날수록 눈덩이처럼 불어나 행복과 불행을 빚어낸다. 어느 누구도 자신의 삶이 불행해지길 원하지 않는다. 행복의 길로 나아가기 위해서는 어두운 생각이 싹트지 않게 조심하고 세상을 긍정적으로 바라보는 연습을 해야 한다. 과거의 불행한 나와 화해하고 생각과 마음가짐을 새로이 한다면 누구나 어두운 인상을 바꿀 수 있다. 설사 실패한다 하더라도 시도하지 않는 것보다는 낫다.

어두운 분위기를 가진 상대를 좋아하는 사람은 많지 않다. 스스로를 괴롭히는 어둠의 터널에서 빠져나와 자신의 존재 가치를 귀하게 여길 때 우리 삶은 좋은 방향으로 변해간다. 하루를 밝게 사는 것만으로도 주위 사람들에게 행복을 전해 줄 수 있다.

한의사 염용하의 내 몸을 살리는 생각 수업

생각의 밀도가
일의 성패를 좌우한다

【생각의 밀도】

어떤 일이 초기에 문제가 될 때 깔끔하게 뒤처리를 해야 하는데 그러지 못하는 사람이 있다. 호미로 막을 것을 삽은커녕 대형 포클레인까지 동원하느라 큰 고통과 손실을 겪는다. 또 조심성이 없어 기분 내키는 대로 말하고 행동해 가까운 사람들에게 빈축을 사는 사람도 있다. 여기서 문제는 생각의 밀도다.

생각의 밀도가 떨어지면 세심하고 주의 깊게 보는 능력이 떨어진다. 예를 들어 외식 사업을 시작할 때는 시장 규모, 점포 위치, 업종, 직원 채용, 인테리어, 광고, 메뉴 선정, 식생활 트렌드에 관한 정보를 잘 알고 있어야 한다. 만약 판단 근거가 되는 기준점이 이리저리 왔다 갔다 하며 흐리멍덩하고 애매모호해 현실에 부합하지 않으면 결과가 좋을 수 없다. 일 년도 채 안 되어 폐업 소식이 들려오기 일쑤다. 애초에 잘 안 될 일을 시작했으니 결과는 이미 정해졌건만 생각이 부족해 미처 그것을 못 보고 막연한 기대와 희망을 품었을 뿐이다. 엄청난 금전적 손실을 떠안으면 자연스레 늘어나는 주름과 한숨과 술병이 건강을 좀먹기 시작한다. 과음을 해서 알코올성 간염과 지방간이 생기고 스트레스로 협심증까지 나타난다.

실패의 진짜 원인은 논리적이거나 상식적이지 않고 세상을 보는 기준과 눈이 없는 허술한 자신의 생각이다. 그런데도 "왜 말리지 않았느냐?"며 뒷북치는 소리로 가족에게 공연히 화풀이만 한다. 자기관리를 잘못해 실패했는데, 죄 없는 배우자나 가족을 달달 볶아 건강한 사람을 환자로 만들면 대책이 없다.

어떤 일을 하든 자신을 바로 보는 것이 기본이다. 그 기본

한의사 염용하의 내 몸을 살리는 생각 수업

을 갖춘 뒤에 세상 사람들의 심리와 욕구를 정확히 읽어내 일을 시작하는 것이 적절하다. 사람들을 상대하는 일을 하는 사람이 대중 심리와 욕구를 읽을 줄 모른다면 성공하기 어려운 것은 자명하다. 만족도가 떨어지면 한 번은 찾지만 두 번 다시 오는 경우는 거의 없다. 개인 취향이 다 다르고 호불호가 다르다. 그런데도 그것을 알지 못하면 호응을 해줄 수 없고, 사람들이 가진 욕구가 충족되지 않아 친밀도를 형성할 수 없다. 그러면 단골도 생기지 않는다. 단골이 많아야 불경기에도 적정 규모를 유지해 버틸 수 있다는 건 상식이다.

사람들의 마음을 얻으려면 평소 신뢰를 줄 수 있도록 많은 부분을 소홀함 없이 치밀하게 준비해야 한다. 기본적으로 생각의 밀도를 높이는 연습을 한다면 대부분의 문제는 어렵지 않게 헤쳐나갈 수 있다.

살다 보면 저 사람은 백 퍼센트 믿어도 된다는 이야기를 할 때가 종종 있다. 그런 사람은 대개 책임감이 강하고 자신의 삶에 충실하며 가족과 사람들에게도 헌신적이다. 사리사욕을 챙기지 않고 손해를 봐도 약속은 지키며 끊임없이 변화하며 업그레이드하려고 노력한다. 주위 사람들과 어울려 행복하게 살려는 마음, 남의 실수에 너그럽고 자신에게 엄격한 처세, 죽을 때 아무것도 가져갈 것 없다는 초탈한 자세, 어려운 일이 있어 의논을 하면 플러스와 마이너스라는 두 가지 측면에서 명확한 기준을 제시해주는 탁월한 판단력이 신뢰할 수 있는 매력을 더해준다. 이것이 모두 생각의 밀도가 높은 사람이 가지고 있는 장점이다.

다만 생각의 밀도가 높은 사람이 주의해야 할 점이 한 가지 있다. 바로 생각이 너무 많아 아직 일어나지 않은 일을 변수가 아닌 상수로 여기는 착시 현상을 겪는 것이다. 생각의 밀도가 높으면 온갖 경우의 수를 다 따지므로 첫발을 내딛기까지 시간이 걸리고 실천력이 부족하다. 돌다리도 두들겨보고 건너는 성격이라 과로하는 경향이 많고 일중독에 허덕대느라 삶의 여유가 없어 간에 피로가 쌓인다. 심장에 과부하가 걸려 부정맥이 생기기도 한다. 눈을 너무 많이 쓰는 사람은 각막이나 수정체 이상이 생겨 안과 치료를 자주 받아야 할 수도 있다. 곰곰이 생각하는 습관 때문에 불면증이 심해 술이 아니면 잠들기 힘들어 자기도 모르게 어느새 애주가가 되어 있기도 하다.

《장자》〈경상초〉편에서는 "생각의 복잡함과 압박감을 풀어 헤쳐 소박함과 편안함을 느끼고, 마음속에 남아 있는 족쇄와 울타리를 허물어버려라"라고 했다. 그러면서 "신분의 높음, 재물, 출세, 권세, 명성, 이익의 여섯 가지는 사람들의 마음을 어지럽히고, 용모, 동작, 표정, 피부, 생기, 의욕의 여섯 가지는 사람들의 마음을 속박하며, 증오, 욕망, 환희, 분노, 슬픔, 즐거움의 여섯 가지는 타고난 덕에 장애가 되고, 사직, 취임, 착취, 은혜, 지혜, 능력의 여섯 가지는 도의 근원을 막는 것"이라고 했다. 마음을 어지럽히는 요소는 매우 많지만 대개 자기가 만들어낸다는 공통점이 있다. 불필요한 걱정과 우려는 놓아버리고 매사 담담하고 편안한 마음으로 생각하는 것이 좋다. 될 일은 느슨하게 해도 되고 안 될 일은 용을 써도 안 된다.

생각의 높이가
세상을 보는 안목의 높이다

【생각의 높이】

우리가 살아가며 만나는 사람은 다양하고, 그때그때 관계를 맺는 방식도 달라진다. 같은 직장 안에서도 그렇다. 때론 상사의 결재와 지시를 받아야 하는 처지인가 하면, 때로는 남에게 업무 지시를 내리고 교육해야 하는 위치에 놓이기도 한다. 가정에서도 상황에 따라 관계 맺는 방식이 달라진다. 가장으로서 가족을 이끌며 주도적으로 집안일을 처리할 때도 있지만, 구성원의 협조를 구하며 믿고 따라달라고 간청할 때도 있기 마련이다.

한의사 염용하의 내 몸을 살리는 생각 수업

어느 위치에 있든 자신이 감당해야 할 일의 범위와 책임이 있고 모든 결과의 몫은 고스란히 자기 자신에게 돌아간다. 일의 성공과 실패에 따라 개인적 또는 사회적 삶에 흠집이 생기기도 하고, 불행히도 그동안 쌓은 결과물이 순식간에 와르르 무너지기도 한다. 물론 때로는 한 걸음 더 나아갈 발판을 확보할 수도 있다.

어느 누구도 장담하거나 확신할 수 없는 길이 인생행로다. 세상을 보는 잣대와 나침판, 내비게이션이 잘 구비되어 있고 리딩 능력 또한 뛰어난 사람은 자신이 현재 위치에서 어떤 높이로 나아가야 하는지 분간할 줄 아는 밝은 지혜가 있다. 자신을 너무 높이지도 않고, 그렇다고 비열하게 낮추지도 않는 중용의 지혜라 할 수 있다. 이런 사람은 같은 공간에 존재하는 모든 이에게 부담을 주지 않고 편안하게 어울릴 수 있다. 상대를 기분 좋게 높이고 자신을 적당히 낮추는 겸손의 미덕은 인복을 얻는 첫걸음이자 성공적인 인맥 네트워크의 출발점이다.

상대를 낮춰 보면 그 사람이 가지고 있는 진가를 알 수 없고, 무언가 배울 수 있는 좋은 기회를 잃는다. 무시하며 소홀히 대하고 기분 나쁘게 하는데도 좋다고 할 사람은 아무도 없다. 마음속에 적대감만 키우고 심리적 장벽만 높아진다. 이렇게 되면 시간관리 측면에서도 마이너스다. 그래서 《주역》〈겸괘〉에도 "겸손하고 또 겸손한 훌륭하고 멋진 사람은 만인의 마음을 움직여 따르게 한다"라고 했다. 어느 자리에서나 자신을 높여주는데 기분 나빠할 사람은 없을 것이다.

가정에서도 배우자와 자식을 존중하고 그들의 자존감을 높여주는 말과 행동을 한다면 화목하고 행복한 가정을 꾸릴 수 있다. 가까운 사이라고 함부로 대하고 여과하지 않은 거친 말을 내뱉는다면 좋은 관계를 유지할 수 없다.

물론 자신을 너무 낮추는 것도 좋지 않다. 자꾸 자기를 낮추면 남에게 휘둘리며 살게 된다. 자기 확신이 부족한 탓에 작은 일을 결정하는 데도 다른 사람의 의견을 묻는다. 소극적으로 세상을 살아가고, 새로운 일, 새로운 환경, 새로운 장소에 발을 쉽게 내딛지 못하며 주춤거린다. 자신이 가진 잠재력을 믿지 못해 기회가 있어도 능력을 발휘하지 못한다.

한의사 염용하의 내 몸을 살리는 생각 수업

때로는 상대의 유명세에 눌려 모든 판단이 자기보다 나을 것이라고 착각해 멘토 역할을 부탁하는 경우도 있다. 그러나 어느 한 분야에서 유명하다고 해서 세상 이치를 꿰뚫는 지혜로운 안목을 갖추기는 어렵다. TV에 나왔다고 모두 다 명의는 아니고, 유명 정치인이라고 해서 똑똑하고 잘난 것도 아니다. 그렇게 지혜로우면 왜 엉뚱하고 어리석은 행동을 해서 어려움을 당하겠는가. 가만히 보면 세상에는 이름과 실력이 일치하지 않는 사람이 너무 많은 것 같다.

생각의 높이는 세상을 보는 안목의 높이다. 호연지기를 기르고 그릇을 키우며 여러 사람의 의견과 생각을 통해 자신을 채우고 단련한 사람의 생각은 백두산, 지리산만큼 높다. 산이 높으면 여러 방향으로 산줄기가 어우러져 산맥을 만들듯, 생각의 수준이 높으면 인격과 재산, 명예도 자연스럽게 불어난다. 높은 산에서 보면 '이 길은 A로 통하고 저 길은 B로 통하고, 저건 C로 가는 길이구나' 하고 보이지만 중턱에서 헤매는 사람의 눈에는 길이 보이지 않는다. 어떤 일을 하든 어느 정도의 식견을 갖추고 시작해야 무리가 없다. 개념

없이 막무가내로 접근하면 중도 포기라는 고통스러운 터널을 지나야 한다.

사마천의 《사기》에서는 "태산이 저렇게 높은 것은 한 줌의 흙이라도 사양하지 않고 감사하게 받았기 때문이고, 강과 바다가 저렇게 깊은 것은 작은 냇물 하나도 가볍게 여기지 않고 받아들였기 때문이다"라고 했다. 안목을 키우기 위해서는 독서는 물론, 세상살이에서 맺는 직간접적인 관계를 통해 코드를 읽고 키워드를 찾아내는 연습을 해야 한다. 부지런히 노력하면 어느 날 세상 보는 눈높이가 달라져 있음을 알게 될 것이다.

한의사 염용하의 내 몸을 살리는 생각 수업

생각의 깊이가
스스로의 품격을 더한다

【생각의 깊이】

살아가는 동안 누구나 다양한 사람을 만나게 된다. 그런데 그 중에는 상대의 속마음까지 헤아리며 세심히 배려하는 품위 있는 인격을 갖춘 이가 있는가 하면, 생각이 얕아 도무지 함께하기 꺼려지는 이도 있다.

둘의 차이는 무엇일까. 바로 생각의 깊이다. 생각이 깊은 사람은 어떤 모임에서든 모든 참석자를 배려하고 살뜰히 챙기면서 끝맺음을 좋게 하려고 노력한다. 한 사람 한 사람 빼놓지 않고 둘러보면서 질문을 던져 화기애애한 분위기를 유도한다. 혹시라도 오해할 소지가 있는 이야기에는 이러저러한 좋은 뜻에서 한 말 같다는 부연설명까지 곁들인다. 속 깊은 사람의 배려 덕분에 모임에는 웃음과 공감의 분위기가 넘쳐흐른다.

이와 반대로 생각이 얕은 사람은 오직 자기 기분만 챙긴다. 대개 이런 사람과 가까이하면 그날 하루를 망치기 일쑤다. 때로 술만 먹으면 몇십 년 전의 해묵은 일을 꺼내 괴롭히는 악취미까지 있는 사람은 정말 정 떨어진다. 그만하라고 말려봐야 서로 감정만 상하니 "예, 잘못했습니다. 이제부터 더잘 지내봐요"라고 고개를 숙여보지만 자기 기분에 매몰되어막무가내로 군다. 똑같은 말을 수십 번 반복하는 걸 보고 있노라면 피곤함과 함께 인간에 대한 환멸이 밀려올 정도다. 차곡차곡 쌓아놓은 감정의 찌꺼기가 제대로 발효도 되지 않은채 한꺼번에 폭발하니 독하고 고약한 냄새가 코를 찌르며 숨막히게 한다.

생각이 얕은 사람은 세상만사를 자기 기준으로만 판단한다. 대개는 분한 마음을 억누르며 살아오느라 독기가 꽉 차 있다. 눈은 이글거리고 얼굴은 뭔가 못마땅한 듯 불만에 가득 차 있으며, 입은 냉소를 머금고 있다. 머릿속은 상대를 공격하고 싶은 생각으로 가득해서 어떤 계기라도 생기면 단번에 폭발하고 마는 핵폭탄이 아닐 수 없다. 나중을 고려하지 않는 얕은 생각은 주변 사람들을 힘들게 하고 본인에게도 큰 상처를 남긴다.

물론 사람은 누구나 실수를 한다. 기분 좋게 술을 마시다가도 사소한 문제로 시비가 붙어 인생에 커다란 오점을 남기기도 하는 게 평범한 사람들이 살아가는 모습이다. 들뜬 기분을 이기지 못해 스스로 앞날을 망칠 수도 있다. 하지 말아야 할 이야기를 꺼내서 돌아오지 못할 강을 건널 수도 있다. 지금 당장 기분 좋은 것만 생각하고 나중의 괴로움과 어려움을 예상하지 못한 채 함부로 행동하기도 한다.

대개 생각이 얕은 사람은 지금 현재의 모습이 계속될 것이라는 착각 속에 산다. 잘나갈 때 흥청망청 쓸데없는 곳에 돈을 쓰고, 눈살 찌푸리게 행동하며 나중을 생각하지 않는다. 귀가 얇아서 누가 돈을 벌었다는 소문만 들으면 금세 따라하려고 덤빈다. 기회를 포착하는 능력은 뛰어나다고 평가할 수 있을지도 모르겠다. 하지만 실체를 파악하는 능력이 부족하고 욕심만 앞선다. 그러다 사기를 당하면 '옛날에 내가 잘나갈 때 그렇게 잘해줬는데'라며 분한 생각에 사로잡힌다. 그러면 불면증, 뒷목 당김, 안구 충혈, 안면 홍조가 생기거나 가슴이 답답하고 배에 가스가 차는 증상이 나타난다.

반대로 생각이 너무 깊어도 몸에 문제가 나타날 수 있다. 쓸데없는 생각이 많은 사람은 걱정 안 해도 될 일을 걱정하고, 아직 일어나지 않은 일에 대해서도 온갖 경우의 수를 다 생각하느라 긴장성 두통, 편두통, 뇌혈관 순환장애, 공황장애, 두려움, 불안, 노이로제, 대인기피증, 발표장애 등의 스트레스성 질병을 얻게 된다.

《맹자》〈이루〉편에 "지혜로운 사람이 인기 없는 이유는 따지지 않아야 할 일을 너무 따져 피곤하게 하며, 그냥 대충 넘어가도 될 일을 깊이 파고들어 묻고 또 물어서다"라고 했다. '까다로운 사람'이라는 선입견이 생길 정도로 따지면 자기도 모르게 기피 인물 리스트에 올라간다. 설령 자기 안에 풍부한 식견과 통찰력, 경험이 있어도 귀 기울여 들어줄 사람이 없다.

어떤 생각을 하고 어떤 마음가짐으로 사느냐에 따라 한 번 뿐인 우리의 인생을 사는 태도가 달라진다. 태도가 달라지면 주위에서 마주치는 사람들을 바라보는 시각도 달라질 수 있다. 즉 다양한 인간 군상에서 취할 점은 취하고 버릴 점은 버릴 줄 알게 된다는 뜻이다.

인생은 결코 일방통행이 아니다. 서로 간의 교감과 위로를 통해 교훈을 얻고 내가 기분 나쁘고 이해하기 힘들었던 일을 되새김질함으로써 뭔가를 배울 수 있다면 가장 좋다.

평소에 책을 읽는 것도 큰 도움이 된다. 책은 트렌드와 본질을 통찰하는 힘을 길러준다. 이런 능력을 배양하면 자잘한 세상 풍파 정도는 거뜬히 이겨낼 수 있다. 게다가 책을 읽으면 전혀 다른 각도에서 세상을 바라보고 앞날을 예측하는 안목까지 덤으로 기르게 된다.

생각의 깊이는 세상물정을 정확히 꿰뚫는 가늠쇠와도 같다. 균형 잡힌 시각과 다양한 해석 능력, 본질에 대한 깊은 통찰력, 변화의 방향성에 대한 예지력, 앎과 행동의 합일이 자연스레 뒤따른다. 여기에 예전에는 이해하지 못하고 알지 못했던 많은 일이 환하게 다가오는 희열까지 더해진다.

수직적인 사고가
병을 부른다

【생각의 각도】

사회생활을 하며 맺는 인간관계는 다양하다. 수평적으로 대등한 관계인 경우도 있는가 하면 수직적인 관계도 있다. 회사 내에서는 상사와 동료로서, 혹은 부하직원으로서 자신이 해야 할 역할이 있고, 가족 내에서도 부모, 자식, 형제로서 맡은 역할이 다르다.

수평적인 관계는 편하고 부담스럽지 않다. 그래서 속내를 터놓고 지내지만, 허물이 없는 만큼 감정을 있는 그대로 표현하게 되어 기본적으로 지켜야 할 선을 넘어서는 경우가 간혹 생긴다. 이에 비해 수직적인 상하 관계는 자신이 윗사람이건 아랫사람이건, 갑이건 을이건 신경이 쓰이는 관계다. 우리의 생각도 관계에 따라 달라진다는 증거다.

생각에도 수평적 사고와 수직적 사고가 있다. 수평적 사고는 차별 없는 평등과 자존감, 심리적 안정감, 편견 없는 합리적 생각을 품게 만든다. 수평적으로 사고하는 사람은 모든 인간이 평등하며 기본적 욕구도 같고 나름의 장단점을 가지고 있다고 생각한다. 한마디로 휴머니스트로서 이해의 폭이 넓고 여유롭다고 할 수 있다.

세상을 대할 때도 지나친 욕심을 부리기보다는 무리수를 두지 않고 현재의 상황에 만족하며 편안하게 살아간다. 몸도 일정한 틀에서 벗어나지 않는다. 병이 나거나 몸이 아프면 곧잘 자신을 뒤돌아보면서 쉴 줄도 알고 고칠 줄도 아는 지혜를 발휘한다.

한편 수직적 사고는 우열을 나누므로 차별, 불평등, 결핍, 심리적 불안 등을 안고 살아가게 만든다. 수직적으로 사고하며 자란 사람은 '내 사전에 만족이란 없다'라는 생각이 머릿

한의사 염용하의 내 몸을 살리는 생각 수업

속에 박혀 있다. 그래서 늘 급한 마음에 허둥대며 목적과 성과 달성에 목을 맨다. 어서 빨리 위로 올라가야 한다는 강박에 사로잡혀 허겁지겁 사다리를 타고 위로 올라가려고 애쓴다. 힘들어도 오로지 목표를 달성해야 하니 무리를 하게 되고 그런 과정이 오래되면 몸 여기저기가 아파서 치료를 받으러 다니느라 바쁘다.

물론 계속 위로 올라가려고 노력하는 점은 개인이나 세상의 발전이라는 측면에서 보면 훌륭하고 값진 삶의 태도라 할 수 있다. 그러나 때로는 옆에 있는 사람을 인정사정없이 밟고 올라가는 탐욕에 휩싸일 위험이 있다는 게 문제다. 진정으로 사람들을 아끼고 배려하는 인간미가 없어 갑의 자리에 올라가면 을의 위치에 있는 많은 사람에게 고통을 주기도 쉽다. 사회 저명인사와 리더들에게는 불필요하게 굽실거리고, 아랫사람들의 진실성, 철학, 소신은 가볍게 무시한다.

자신을 바라보는 평가 또한 객관적이지 않다. 과대망상 또는 과소평가를 하는 경우가 많아서 어느 시점이 되면 이것이 스트레스성 질병으로 나타난다. 능력 밖의 대접을 받아왔거나, 능력에 미치지 못하는 사회적 대우를 받았던 것이 어느 순간 스트레스로 작용하는 것이다. 대개 가벼운 두통과 소화불량부터 협심증, 심근경색, 폐결핵, 과민성 장염, 뇌혈관 이상 등의 문제가 나타날 수 있다.

수직적으로 사고하는 사람은 언제든지 자기보다 나은 사람과 자기보다 못한 사람이 있다는 이분법적 사고에 물들어 있다. 이에 비해 수평적으로 사고하는 사람은 인간으로 태어난 이상 누구나 평등하다는 생각이 기본이므로 어떤 이를 만나든 지나침과 부족함 없이 기분 좋게 대한다. 남의 단점보다 장점을 바라보려고 노력하므로 더욱 큰 행복을 느낀다.

다른 점은 이뿐만이 아니다. 수평적으로 사고하는 사람은 자신의 신분이나 처지, 형편이 달라지면 지금의 현실을 인정하면서 '그동안 열심히 잘살아왔으니 된 거지'라고 자위하며 안정 모드로 들어간다. 위로 올라갈 때도 덤덤하고 내려올 때도 마음을 빨리 비운다. 지금 무엇에서 행복을 찾을 것인지에 마음을 집중하고 어느 방향으로 나아가는 게 자신에게 더 편안할지 생각할 줄 아는 여유로움이 있다.

한의사 염용하의 내 몸을 살리는 생각 수업

그러나 수직적으로 사고하는 사람은 지금의 상태를 도저히 용납할 수 없는 까닭에 쉽게 신세 한탄과 분노 모드로 돌입한다. 위로 올라갈 때는 기분이 좋고 활력이 넘치지만, 아래로 내려왔을 때는 극도로 견디기 힘들어한다. 그래서 몸과 마음에 급격한 변화가 온다. 이 둘 가운데 누가 더 행복하고 건강하게 살 수 있을까?

생각 하나에 우리의 행복과 건강이 달려 있다. 수평적인 사고의 폭을 넓혀가다 보면 어느 날 행복의 지평선이 저만치에 가까이 보일 것이다.

내 생각에 갇히면
상대가 보이지 않는다

【생각의 4가지 형태】

우리는 살아가면서 매일 겪는 여러 가지 일만큼이나 이런저런 생각을 많이 하고 산다. 때에 따라 그런 생각을 밖으로 표현하기도 하지만 속에 감추어두기도 한다. 간혹 생각의 범위도 넓어졌다가 좁아졌다 한다. 그런 까닭에 생각의 형태를 한마디로 정의하기는 어렵지만 크게 보면 넷으로 나눌 수 있다. 간단히 말해 자기 중심적 생각, 상대 중심적 생각, 집단적 견해에 근거한 생각, 세대와 경험과 나이에 따른 생각이다.

첫째, 자기 중심적 생각이다. 우리 모두는 자기 중심적 생

한의사 엄용하의 내 몸을 살리는 생각 수업

각에서 쉽사리 벗어나지 못한다. 내 눈으로 본 것, 들은 것, 냄새 맡아본 것, 접촉한 것, 읽은 것 등 직간접적 경험이 우리 의식을 지배한다. 심지어 별다른 사실 확인 없이 내가 직접 봤다고 무조건 믿어버리는 경우도 많다.

자기 중심적 생각에서 오는 폐해는 각양각색이다. 때로는 자신에 대해 과대평가를 하기도 한다. 이것이 자신감을 넘어서 자만심과 교만으로 치달으면 여기저기서 문제가 생긴다. 무엇이든 꿋꿋하게 밀고 나가는 실천력은 좋다고 평가할 수 있지만 원하는 게 다 이루어질 만큼 세상은 녹록하지 않다. 자신이 미처 생각지 못했던 부분에서 문제가 생기고 해결이 잘되지 않으면 자기 방식을 고집한 대가를 맛볼 수밖에 없다.

둘째, 상대 중심적 생각이다. 즉 상대와의 비교를 통해 자신의 가치에 대한 평가절상 혹은 평가절하가 이루어지는 것이다. 상대가 가진 외모, 체력, 지능, 지식, 가정환경, 학벌, 직장을 통해 키 재기를 하는데, 경우에 따라 자신에게는 관대한 기준을, 상대에게는 엄격한 잣대를 들이대는 이중성을 나타내기도 한다.

그러나 상대와의 불필요한 비교는 자신에게 부정적 영향을 주고 분노를 자아내거나 그늘을 만들 뿐이다. 때로는 자기가 싫어하고 못마땅해하는 사람이 올바른 지적을 해도 감정적으로 저항하기도 한다. 누군가를 싫어하는 에너지가 입력되어 있으면 시간이 지나도 에너지 불변의 법칙에 의해 은연중에 상대에게 받았던 상처가 말투와 행동에 그대로 묻어난다. 즉 가장 큰 피해를 보는 사람은 자기 자신이다.

진료를 하다 보면 평생을 살아도 배우자한테서 "고맙다" "미안하다" "고생했다" "힘들었지" 하는 말 한 번 듣지 못했다고 하소연하는 사람이 많다. 속마음을 들어보면 대개 '나는 잘했지만, 상대는 그렇지 못했다'는 식이다. 하지만 그런 원망이 가득 차 있으면 내가 먼저 망가진다. 상대를 원망하는 에너지가 나를 해치는 독기로 작용하는 탓이다. 독기는 인터넷보다 더 빠른 우주의 에너지 네트워크인 우주넷으로 퍼져나간다.

미워하는 사람을 완전히 용서한다는 것은 어려운 일이다. 그러나 적어도 너그러운 마음으로 관용을 베풀며 고통을 없

한의사 염용하의 내 몸을 살리는 생각 수업

애려는 노력만큼은 필요하다. 분노는 시간이 지날수록 나를 비추어야 하는 밝은 빛을 줄여 어둠 속에서 헤매게 할 뿐이다. 도저히 용서할 수 없는 것을 용서하려 노력할 때 우리 삶은 한결 편안해진다.

좋은 약을 먹는 것도 중요하지만, 더 중요한 것은 마음에 맺힌 매듭을 풀어서 홀가분하게 하는 것이다. 마음이 모든 병을 만든다. 그런 까닭에 생각을 바꾸면 몸이 달라지고 얼굴에 화색이 돌고 무엇을 먹든지 맛있고 삶이 팍팍하지 않게 된다. 심장이 편안해져 혈액 순환도 잘되고 임파구의 활동도 활발해져 면역력이 올라가는 등 장수할 수 있는 기초가 만들어진다. 화장품을 전혀 바르지 않아도 얼굴에 윤기가 나고 피부도 부드러운 백옥 같아진다.

상대와의 모든 관계를 이분법적 흑백논리로 재단하기 시작할 때 다른 사람의 허물은 커 보이고 자신의 잘못은 거의 없거나 작아 보이는 인식의 오류가 생긴다. 옳고 그름의 이분법적 잣대로 세상을 대하면 삶이 매우 피곤해진다. 잘났다는 생각도 벗어놓고 못났다는 마음은 더욱더 버리고, 모든 사람에게 하나라도 배울 게 있다는 정신을 가지고 살면 삶이 더 행복해진다.

셋째, 집단적 견해에 근거한 생각이다. 우리는 집단적인 견해에 대해 나름의 판단을 내린다. "그럴듯한데. 나도 시도 해볼까" "아무리 그래도 나한테는 안 맞아"라는 식이다. 많은 사람이 검증한 길을 가는 게 나쁠 것은 없다. 그러나 어떤 경우에는 명백하게 틀린 사실인데도 많은 사람이 동조한다는 이유로 그것이 옳다고 생각하는 게 문제다. 특히 건강에 관한 이야기라면 전문가가 매체에서 언급했다고 하면서 이것저것 따져보지도 않고 맹목적으로 따라하는 경향이 있다. 인터넷 에 떠도는 이야기를 곧이곧대로 듣고, 주위 사람들이 "뭘 먹으면 좋더라" 하는 이야기를 철석같이 믿는다. 체질이나 구체적 증상 차이를 고려하지도 않고 그대로 따른다면 탈이 날 게 자명한데도 집단적 사고에 이끌린다. 작으면 개인적인 사안에 그치지만, 크면 나라 전체에 영향을 끼치기도 한다. 이런 사람들은 대체적으로 집단이 절대로 잘못될 리 없다는 생각을 가지고 있다.

한의사 염용하의 내 몸을 살리는 생각 수업

하지만 역사적으로 집단적 사고가 잘못된 것으로 판명 난 예는 차고도 넘친다. 크메르 루주의 킬링필드, 나치의 대학 살, 난징대학살 등이 그렇다. 집단적 사고의 구렁텅이에 빠지면 개개인으로서는 평소라면 절대 하지 않을 흉악무도한 일을 너무나도 태연하게 저지르기도 한다. 그러므로 집단적 사고가 반드시 옳다고는 할 수 없다. 부화뇌동하지 않고 본질을 바로 보는 지혜를 갖추고 사는 것이 우리 삶에서 낭비를 줄이는 일이다.

넷째, 세대와 경험과 나이에 따른 생각이다. 2030세대, 4050세대, 6070세대 등 사람들은 나이에 따라 세대를 나누어 사회적 공감대를 형성한다. 세대에 따라 경제적 환경, 국가적 영향, 교육 환경, 사회 분위기, 추구하는 가치관도 다르다.

하지만 사람 사는 모습은 사실 크게 다르지 않다. 어느 누구나 기본적으로 자신의 생각과 삶이 존중받기를 원한다. 세 살배기 아이의 마음에도 이런 욕구가 존재한다. 세대 차이가 난다고 해서 말이 아예 통하지 않을 것이라고 지레짐작하며 소통의 문을 닫고 살면 삶을 변화시킬 기회를 상실하고 만다. 귀에 거슬리는 이야기는 모두 잔소리라고 여기면 자신을 다듬을 수 있는 좋은 계기를 놓치는 격이다. 예를 들어 경험이 많은 사람에게 기술을 배워서 시행착오를 줄이고, 갓 입문한 사람에게 틀에 박힌 매뉴얼에서 벗어난 신선한 아이디어를 구할 수 있다. 구세대의 경험과 신세대의 창의성이 뭉치면 이 세상은 더욱더 앞으로 나아갈 수 있다. 아무것도 모르면서 설친다는 선입견, 전부 구시대적 방식일 뿐이라는 각자의 편견을 버리고 허심탄회하게 배우고 가르치면 서로에게 도움이 된다.

《장자》〈제물론〉에서도 "나이를 잊고 마음속 편견을 버리면 경계 없는 경지에서 자유자재로 움직인다"라고 하지 않던가. 절대적 옳음도 절대적 진리도 없다. 변화하는 우주의 삼라만상 속에서 모든 것이 변화한다는 사실을 잊지 말자.

생각의 유연성이
삶을 유쾌하게 이끈다

【생각의 유연성】

피리 같은 관악기는 공기구멍을 열고 닫는 정도에 따라 소리
의 높낮이가 달라진다. 공기를 불어넣는 세기에 따라 음색도
다르다. 이처럼 서로 다른 높낮이의 소리가 조화를 이룰 때
비로소 아름다운 곡조가 완성된다. 우리의 생각에도 이런 강
약의 조화, 즉 융통성이 필요하다. 융통성이 부족해 아집에
빠져 생떼를 쓰면 퉁명스럽고 듣기 거북한 소리가 나오고, 융
통성이 있으면 먼 훗날에도 멋진 추억거리로 남을 아름다운
소리가 나온다.

간혹 융통성 없이 앞뒤가 꽉 막힌 사람을 대할 때 '허파가 뒤집어진다'라는 표현을 쓴다. 들숨과 날숨이 자연스럽게 되지 않아 숨이 막혀 힘든 상태를 단적으로 표현한 말이다. 자기 확신에 가득 차 남의 입장을 조금도 생각해주지 않고, 바늘로 찔러도 피 한 방울 나오지 않는 사람이 가까이 있다면 삶이 유쾌할 리 없다. 무조건 자기가 옳다고 우겨대며 한두 마디만 건네도 버럭 화를 내니 차근히 따져보고 의논할 분위기가 만들어지지 않는다.

생각의 보편성이라는 기본 토대가 마련되어 있지 않은 사람과는 아무 말 하지 않고 가만히 있어도 온몸이 뻣뻣하게 경직되고 저려온다. 숨 막히고 답답한 소통절벽의 난간에 서서 한숨과 원망으로 가득한 시간을 보내면 삶이 낭비라는 생각이 든다.

생각이 꽉 막힌 사람은 간혹 단체의 수장을 맡아도 기존 관례를 따르기보다는 자기 고집대로 밀어붙여서 아랫사람들과 불화를 겪는다. 행사장에 갔을 때 자리 배열이나 축사 순서가 자기 마음에 들지 않으면 불쾌한 표정이 얼굴에 바로 묻

한의사 염용하의 내 몸을 살리는 생각 수업

어난다. 이런 사람은 일이 자기 뜻대로 되지 않으면 자존심이 상해서 화병이 난다. 또한 심장병, 두통, 뇌졸중, 소화불량으로 고생하기 일쑤다.

이와 달리 융통성이 많아 시원스러운 사람은 모든 이에게 환영받는다. "그럼요, 그럴 수도 있죠" "좋습니다, 그렇게 하시죠"라는 이야기를 들으면 상대방의 마음에 있던 부담감이 눈 녹듯 사라진다. 사람을 편안하게 해주는 것은 큰 매력 중 하나다. 부드럽지만 능글맞지 않고, 일관성이 있지만 지인의 삶도 존중해주며, 실수에 너그러운 사람이 가까이 있으면 행복하다. 타인과 좋은 인간관계를 맺고 안으로는 자기가 넘지 않아야 할 선을 지키는 외유내강형이 되어야 하는 이유다.

융통성을 키우기 위해서는 본인이 하기 싫어 미루었던 여러 가지를 직접 체험해보고 다른 사람의 이야기도 듣고 생각을 나누는 계기가 필요하다. 지금까지 옳고 바르게 살아왔다고 믿었지만 그게 자신만의 착각이었다는 것을 느껴야 한다. 생각이 달라져야 삶이 달라지고, 사람들을 대하는 모습이 바뀌며 유연성이 생긴다. 매일 똑같은 잔소리를 하고 화를 내봐야 내 혈압만 올라가고 불쾌지수만 높아질 뿐이다. 중요한 것은 생각의 유연성이다. 어느 누구나 납득할 수 있는 범위 내에서 강약을 조절할 줄 아는 지혜를 갖추어야 변화의 실마리를 붙잡을 수 있다.

생각의 온도는 너무 뜨겁지도
차갑지도 않게 맞춰라

【생각의 온도】

공자는 《논어》에서 "덕을 베푸는 사람은 외롭지 않아 반드시
마음을 나누고 알아주는 이웃이 있다"라고 했다. 말 그대로
다. 사람을 배려할 줄 아는 따뜻한 생각이 몸에 밴 사람은 어
디를 가든 환영받는다. 따뜻한 생각을 가진 사람 옆에 있으면
늘 기분이 좋고 행복해지기 때문이다. 매사에 열정을 가지고
대하니 항상 주위에 사람이 많을 수밖에 없다. 덕 있는 사람
은 밝고 활기찬 에너지로 주변을 따뜻하고 포근하게 감싸주
면서 뭐든지 기분 좋게 생각하고 받아들인다. 또 어렵고 힘든

이웃을 보면 어떻게든 도와주려는 마음을 내어 실천한다.

그러나 세상에는 꼭 마음씨 따뜻한 사람만 있는 게 아니다. 간혹 마주치기만 해도 찬바람이 싸늘하게 불어 가까이하기엔 너무 먼 사람이 있다. 차가운 시선과 입가에 맴도는 비웃음, 톡 쏘는 말투, 거만한 포즈, 비딱한 자세는 그야말로 꼴불견이다. 만날수록 불쾌지수가 높아지는데 만남이 지속될 수 없는 노릇이다. 세상을 바라볼 때도 비평과 비난을 일삼고 내뱉는 말 가운데 욕이 절반이다. 다른 사람과 마음을 나눌 줄 모르고, 남의 어려운 일에 눈곱만큼도 관심과 애정을 주지 않는다. 그러면서도 자신의 문제라면 아무리 사소해도 주위 사람을 들들 볶으며 피곤하게 한다.

이런 사람은 가진 것은 많아도 늘 외롭게 산다. 평소 방어벽을 몇 겹씩 둘러서 인간적 교류를 아예 하지 않은 까닭에 주위에 머무는 사람이 없는 것이다. 눈코 뜰 새 없이 바쁘게 살아가다 어느 날 문득 홀로 있음을 자각하지만, 이미 때는 늦은 뒤다. 사람의 정을 그리워하고 일부러 소통을 늘려보지만 그간의 평판과 냉혈한의 이미지는 쉽게 잊히지도 않고 지

한의사 염용하의 내 몸을 살리는 생각 수업

우기도 힘들다.

다행히 따뜻하고 이해심 많은 사람을 만나면 큰 위안을 얻을 수도 있다. 그러나 자신이 먼저 바뀌려는 생각이 없이 다른 사람의 마음만 얻겠다는 이기심에서 벗어나지 않는 한 그 주위에 오래 머물 사람은 많지 않을 것이다.

홀로 방어벽을 높이 쌓고 사는 사람들은 늘 긴장하며 사는 탓에 어느 순간 스스로 쉽게 무너지기도 한다. 심장혈관이 막혀 스탠드 시술을 받거나, 편두통으로 인해 불면의 나날을 보내며, 위와 장이 불편해져 소화제와 위장약을 달고 살 가능성이 있다. 목과 어깨, 등에 느껴지는 통증은 일상적인 삶을 힘들게 한다. 다 내려놓고 살면 조금이나마 가벼워지겠지만, 평생을 그렇게 살아온 사람이 어느 한순간에 모든 걸 쉽게 놓을 수는 없다. 이와 반대로 따뜻한 마음을 지니고 살면 면역력이 강해져서 치매, 중풍, 암 등에 걸릴 위험이 낮아진다. 따뜻하고 훈훈한 마음이 몸속 세포에 생기를 주며, 가슴속에도 따뜻한 불씨를 지펴주기 때문이다.

물론 사람의 온도는 언제나 일정한 것이 아니다. 건강해 보이던 사람이 어느 날 갑자기 무너지고, 의사에게 시한부 선고를 받은 사람이 오히려 더욱 건강하게 살아가기도 한다. 생각이 바뀌고 그에 따라 세포, 혈액, 면역력의 온도가 바뀌는 탓이다.

생각이 사람의 온도를 결정한다. 사계절이 순환하듯 우리의 생각도 바뀐다. 어느 때는 차가워지고 어느 때는 뜨거워진다. 너무 차가우면 능력 발휘가 제대로 되지 않고 너무 뜨거우면 의욕과 열정이 넘쳐 실수하기 일쑤다. 적당한 온도 조절이 필요한 이유다. 냉정과 열정 사이, 그 사이에서 가장 적당한 온도는 몇 도쯤일까?

2장

인생길에서 누구를
벗할 것인가

진정한 행복은
서로를 믿어주는 가운데 빛을 발할 수 있다.

모두가
내 마음 같지 않다는 걸
인정하라

언젠가 부동산 매매를 하면서 친한 친구에게 도장을 맡겨 처리했던 사람이 하소연하는 걸 들은 적 있다. 친구가 부동산 명의를 자기 앞으로 하는 바람에 그동안 번 돈을 한꺼번에 날려버렸다고 했다. 중요한 일은 자신이 직접 눈으로 확인하고 처리해야 한다는 기본 원칙을 무시한 결과다. 친구의 돈을 가로챈 사람은 물론 지탄받아 마땅한 사기꾼이지만, 사람 보는 눈을 기르지 못한 본인의 잘못에도 일정 부분 책임을 묻지 않을 수 없다.

중요한 일을 가볍게 생각하고 대충 넘기는 습관이 있으면 인생에서 많은 어려움을 겪을 수밖에 없다. 현실을 똑바로 봐야 한다. 사람들의 마음은 내 마음 같지 않으며, 우리가 사는 세상에는 양심적이고 착한 사람만 있는 게 아니다.

사람에게는 누구나 기본적 욕망이 있다. 식욕, 성욕, 명예욕, 탐욕, 재물욕, 지식욕, 과시욕, 승부욕, 이기심, 몸에 대한 집착 등이 생각을 만들고, 이런 생각의 움직임과 정도에 따라 욕망을 현실로 만들고자 하는 노력이 그 뒤를 잇는다.

생각에 깊이가 있으면 자신과 타인 안에서 꿈틀거리는 욕망의 크기와 추구하는 목표, 말하고 행동하는 이면에 감추어진 진짜 속뜻을 알아차릴 수 있다. 물론 숨겨진 생각을 읽는 것은 여간 힘들지 않다. 불쾌하면 금세 얼굴이 붉으락푸르락해지며 쉽게 감정을 드러내는 사람은 큰 문제가 없다. 종종 불편한 상황을 안겨줄 뿐이지 사기를 치지는 않는다. 늘 자기 기분을 맞춰주면서 속내를 알기 힘든 사람이 오히려 더 무섭다.

사람 보는 눈을 가진 신중한 사람은 사기꾼의 현란한 혀끝

한의사 염용하의 내 몸을 살리는 생각 수업

에 쉽게 놀아나지 않는다. 하지만 더 큰 부자가 되고 싶고, 좀 더 잘살고 싶은 욕망에만 매몰되면 사기꾼이 부추기는 말을 한순간에 알아차리고 끊어버릴 수 없다. 심지어 가까운 사람에게 속는 경우도 많다. 매사 기본적인 사항을 점검하지 않고 오랜 시간 자기 눈으로 봐왔던 모습이 전부라고 생각하는 순간 땅을 치고 후회할 일이 시작된다.

대개 사람은 욕망이 숨겨져 있을 때와 드러날 때가 딴판이다. 뒤늦은 후회는 아무런 소용이 없다. 입에 거품 물고 고함을 질러보지만 내 주머니에서 떠난 돈은 돌아오지 않고, 계속 곱씹고 있어봐야 몸에 병만 생겨 삶이 괴로워진다. 자신의 욕망을 채우기 위해 다른 사람을 먹잇감으로 삼는 사기꾼을 몰라보면 인생을 망칠 수 있다.

상대의 그릇에 맞춰 지혜와 방편을 때에 맞게 적당히 쓰는 것이 생각 깊은 사람의 처세다. 너무 지나치지도 않게, 그렇다고 너무 부족하지도 않게, 그러면서도 여운과 향기가 은은하게 배어 나오는 상태가 가장 조화롭다.

만들어진 이미지에
속지 마라

요즘은 누구를 '만난다'라는 개념이 달라졌다. 때로는 직접 얼굴을 맞대면서 이야기하지만, SNS 등 간접적인 관계를 맺고 생각을 주고받기도 한다. 그런데 우리가 파악하는 상대의 모습과 본질이 전혀 다를 때가 있다. 예를 들어 수십 년간 알고 지내던 사람이 전혀 예상치 못한 행동을 하는 경우가 있다. 당황스럽기 짝이 없는 노릇이다. 때로는 겉으로 멀쩡해 보이던 사람이 나를 배신하고 이해할 수 없는 행동을 해서 상처를 주기도 한다.

왜 이런 일이 벌어질까? 오랜 시간 친하게 지내왔지만 어떤 생각과 철학과 안목으로 세상을 바라보고 있는지 깊은 대화를 나눠본 적이 없어서다. 막연히 친하고 가까운 사람으로만 생각하고 가장 본질적인 인간성을 체크하는 문제를 그냥 지나쳐버린 것이다. 어쩌면 상대방이 속내를 여러 번 드러냈는데도 가볍게 생각하고 '그럴 수도 있지' 하고 넘어간 적이 있을지 모른다. 무릎을 치며 탄식해본들 이왕 벌어진 일이다.

물론 나도 한 번씩 가까운 이에게 마음을 상한 적이 있다. 그럴 땐 내가 속이 좁아서 이해심이 부족하다고 스스로 핀잔을 주기도 했다. 누구나 말이나 행동으로 흔적을 남기고 생각을 조금이라도 드러내는 것이 보통인데 너무 좋은 쪽으로만 생각한 것이 불찰이라면 불찰이다.

겉을 포장하는 데 가장 뛰어난 사람이 사기꾼과 정치인이다. 특히 정치인의 경우 속마음은 전혀 그럴 뜻이 없는데도 청렴과 공익을 내세워 이미지를 기획한다. 시민의 권익 향상에 앞장서는 것처럼 방송과 언론을 통해 광고하지만, 만들어진 이미지와 그 사람이 본래 가지고 있는 심성과 철학, 인생관은 일치하지 않는다. 물론 표리부동하지 않은 정치인도 있다. 하지만 대개는 과대 포장해 겉모습만 그럴싸하게 기획된 이미지에 홀딱 반해서 속아 넘어간다. 겉으로 드러나는 외모, 말솜씨, 지지 세력, 공약, 학벌, 직업, 고향, 정당이 선택 기준으로 작용한다. 그 사람이 속으로 가지고 있는 중요한 인생철학과 가치는 큰 관심사가 아니다.

모든 것은 사람이 만든다. 누가 그 자리에 있어서 일을 어떤 방향으로 풀어나가고 추진할 것인가는 매우 중요하다. 우리 삶의 중요한 부분을 정치가 결정한다는 의미에서도 그렇다. 국가와 시를 설계하고, 정책을 만들고, 도로를 개설하며, 복지를 결정하고, 법안을 새로 만들거나 바꿔서 우리 삶에 지대한 영향을 미치는 것이 정치다. 이런 의미에서 법률 전문가는 법에 대해 잘 아는 사람이다. 그러나 그 법률 전문가가 국민의 실생활에 꼭 필요한 법을 잘 만들어낸다는 등식은 성립할 수도, 그러지 않을 수도 있다. 경제 전문가는 거시, 미시적인 경제의 운용방침을 수립할 수는 있지만, 서민들의 삶이 나아지고, 경제 활성화가 될 정책만 집행한다고는 볼 수 없다.

이론적인 토대와 틀에 관해선 누구보다 뛰어나겠지만, 그가 실생활에 부딪히는 여러 문제를 서민의 입장에서 생각하고 정책을 추진한다는 데 동의하는 사람들은 많지 않을 것이다.

대기업이건 중소기업이건 기업의 경제활동에 대한 규제는 날로 늘어가고, 자영업자의 한숨소리는 더 무겁고 길어져만 간다. 정치인들이 공익을 위해서 존재한다는 명제가 분명하다면, 국회의원 숫자부터 줄여야 한다. 불필요한 법안을 만들어 국민의 삶에 부정적인 영향을 미치고, 목 조르기를 하며 숨 막히게 하는 지금의 정치인이라면 반드시 그래야 할 일이다. 공익을 위한다면 무보수 명예직으로 전환해도 진정한 봉사를 할 수 있지 않겠는가.

겉으로 화려한 업적을 만들기 위해 노심초사하는 빚더미 메이커인 정치인들에게 현실 정치의 책임을 물어야 한다. 자기 돈이면 그렇게 엉뚱한 데 쓸 사람이 있겠는가. 국민의 돈을 아낄 줄 알고 어려운 사람들에게 도움이 되는 정책을 펴고, 먼 미래의 대한민국을 생각할 줄 아는 통찰력과 혜안을 가진 사람은 어디에 숨어 있는가. 나라를 진정으로 걱정하고 힘들고 고통스러운 시민들의 마음을 진심으로 헤아려 문제를 해결하려고 뛰는 용기와 지혜가 있는 정치인이 리더로서 역할을 해야만 눈물 흘리는 사람이 줄어든다. 그래야 비로소 희망이 보이고 세상이 좀 더 바르고 옳은 방향으로 나아갈 것이다.

사람을 평가하려면 그가 이웃을 진심으로 대하는지, 평범한 사람들에게 어떻게 대하는지, 힘 있는 자에게 어떻게 처신하는지, 눈앞의 이익을 위해 양심을 저버리는 일을 하지 않는지 살펴볼 노릇이다. 겉과 속에 관한 논란은 고려 말 조선 초의 문신 이직이 까마귀와 백로를 소재로 지은 시조에도 나온다. 일찍이 그는 "까마귀 검다 하고 백로야 웃지 마라. 겉이 검은들 속까지 검을쏘냐. 겉 희고 속 검은 건 너뿐인가 하노라"라고 하며 겉모습만 보고 잘못 판단하는 오류를 경계했다. 정치판이 까마귀들이 모이는 곳이라고 하지만, 겉은 검어도 속이 흰 까마귀들이 존재하기에 그나마 유지가 될 것이다. 겉은 희게 보여도 속 검은 백로의 눈속임에 넘어가면 어찌 될 것인가.

생각에 나쁜 의도와 바르지 못한 마음이 없어야 진정한 공익에 이바지할 수 있다는 《시경》의 정신과 자신의 내면에서 올라오는 양심의 소리에 귀 기울여 스스로를 속이지 않아야 참되고 진실한 봉사를 실천할 수 있다는 《대학》의 정신이 생각나는 요즘이다. 겉은 번듯해 보이지만 속 알맹이가 없어 빈 깡통 소리만 요란하지 않은 세상을 꿈꿔본다. 겉과 속이 바르게 일치하며 올곧게 행동하는 인물은 언제 나오려나!

마음의 목소리에
귀를 기울어라

혹시라도 주변에 자기 이야기를 잘 들어주는 사람 있다면 삶이 고통스러울 때 큰 힘이 된다. 자신의 입장을 이해해주고 받아들여주며 위로와 격려를 해주는 사람이 가까이 있을 때 심리적으로 안정을 느끼는 게 인간의 본성이다. 이와 달리 자기 생각과 관점이 약간 다르다고 대놓고 비판하고 면박을 주며 한참 지난 일을 끄집어내 여러 사람 앞에서 창피를 준다면 신뢰에 금이 가는 것은 당연하다.

잘 들어준다는 것은 말하는 사람의 입장에 서서 겉으로 드

한의사 염용하의 내 몸을 살리는 생각 수업

러난 뜻뿐만 아니라 마음속에서 하고 싶은 속내까지 충분히 들어주는 것이다.

요즘은 많은 사람이 온라인으로 자주 소통하고 의견을 나눈다. 누군가와 이야기를 나누는 것 자체는 좋은 현상이다. 그러나 디지털 화면이 아닌 얼굴을 마주 보고 눈빛을 교환하면서 이루어지는 의견 교환도 중요하다. 긍정의 끄덕임, 부정의 손사래, 감사의 포옹, 정감 어린 악수, 공감하며 한 옥타브 올라가는 목소리, 감격의 눈물, 생각의 차이에서 생기는 치열한 토론과 반박, 경험 속에서 우러나오는 충고, 수많은 시간 속에 녹아 있는 끈끈한 인간애 등이 눈앞에서 오갈 때 생각은 더 깊어지고 이해의 폭은 더 넓어진다.

과학의 발달은 멀리 떨어져 있거나 시간이 없어 자주 보지 못하는 소원함의 거리를 좁혀주는 긍정적 역할을 한다. 하지만 메신저로 간단히 요점만 이야기하면 '예스' 혹은 '노'만 강요받는다는 느낌이 들 수도 있다. 듣는 것과 들어주는 것이 생략되어버리는 절차의 편리성은 있을지 모르지만, 속내를 드러내기가 불편할 수도 있다.

부모와 자식, 부부간에도 자신의 이야기를 충분히 들어주고 공감해줄 수 있다면 건강하고 화목한 가족관계를 유지할 수 있다.

'밥 먹었어?' '잘했어?' '괜찮아?' 같은 짧은 단어로는 심리를 제대로 파악하기 힘들다. 어떤 고민과 어려움, 불편함, 갈등이 있는지 모르는 채 시간이 흘러간다. 그렇게 쌓이다 보면 어느 순간 폭발하기 십상이다. 그러다 잘못하면 결국 "언제 내 얘기 한번 제대로 들어준 적 있느냐" 하고 울먹이는 모습을 보게 된다. "빨리 이야기하지 않고 여태까지 왜 그냥 입 다물고 혼자 감당하고 있었느냐"라고 목청을 높여보지만 이미 관계는 허물어진 뒤다.

어려운 문제가 있을 때 혼자 끙끙거리지 않고 편안하게 의논할 수 있는 분위기를 만드는 게 중요하다. 그러려면 평소 잘 들어주는 모습을 보여주어야 한다. "말해봐, 뭐가 문제야, 불만이 뭔데"라고 다그치는 것은 잘 들어주는 태도가 아니다. 상대에게 압박을 주고 긴장감을 높인다면 상대 쪽에서 하고 싶은 이야기가 있어도 다음에 하자고 미뤄버리게 마련이다. 오히려 감정을 다시 눌러버리는 통에 불만만 늘어난다. 말귀를 못 알아듣고 자기주장으로 상대를 설득하려고 억지를 부릴수록 주고받는 대화는 날이 갈수록 적어진다.

지혜로운 사람을 총명하다고 한다. 총명한 사람은 상대의 이야기를 잘 듣고, 그 속에 담긴 진짜 하고 싶은 말까지 꿰뚫은 사람이다. 총명의 '총(聰)' 자 속에는 듣는 귀(耳)가 들어가 있다. 여기에는 듣는 것이 지혜로움의 시작이라는 옛사람의 가르침이 숨어 있다. 가족 관계를 비롯해 모든 인간관계를 지혜롭게 유지하려면 잘 듣는 것이 먼저다.

어떤 경우에는 현명하고 지혜로운 사람도 잘못 생각할 수 있고, 표현이 적절하지 못할 수도 있다. 일일이 따지고 표현 하나하나에 시비를 건다면 까칠한 사람으로 남을 뿐이다. 그냥 넘어가도 될 일을 계속 반복해 끄집어내고, 상대의 자존심을 건드리고, 도에 지나치게 감정을 표현한다면 부모 자식 간이나 부부간이라도 속상해서 말하기 싫어지는 것은 인지상정이다.

잘 들어주는 태도는 인생살이에 가장 중요한 덕목 가운데 하나다. 상대를 존중하는 마음 없이 자기 자신만 똑똑하다는 생각이 들어차 있으면 굳게 닫힌 귀를 열 수 없다. 내 판단이 무조건 옳다는 마음가짐으로 과연 상대가 하는 이야기를 잘 들을 수 있을까?

한의사 염용하의 내 몸을 살리는 생각 수업

서운함을 털어내면
영혼이 자유로워진다

세상을 살다 보면 여러 가지 감정의 앙금이 마음속에 남게 된다. 물론 어떤 일은 좋은 추억이 되기도 하지만, 어떤 일은 아쉽고 서운하며 아픈 기억으로 오랫동안 남아 있기도 한다. 그 중에서 내 마음과 상대의 마음이 달라서 느껴지는 온도 차이는 꼭 집어서 말할 수 있는 성질이 아닌 까닭에 혼자서 끙끙대며 힘들어할 때가 많다.

예를 들어 아주 친하고 격의 없이 지내는 사이라고 생각해 간단한 도움을 요청했는데 상대방이 단칼에 거절해서 서운함을 느꼈던 경험이 우리 모두에게 한두 번은 있을 것이다. 거절당한 서운함은 쉽게 잊히지 않고 뇌리에 남아서 그 사람을 생각할 때마다 그 순간의 감정을 상기시키며 불편한 느낌을 전해준다. 그러다가 마주 보고 식사하는 자리에서 우연히 얼굴을 대하면 음식이 주는 즐거움은 이미 저만치 달아나고 애써 외면했던 서운함이 물밀 듯이 밀려와서 나 자신을 괴롭힌다. 예전에는 친절하고 따뜻하다고 느꼈던 웃음마저도 가식과 냉소로 받아들이는 자신의 옹졸함을 탓해보아도 심리적 장벽은 계속 높이 쌓여만 간다. '내가 친하다고 생각했던 게 크나큰 착각이었구나!' 하는 깨달음이 찾아오고 상대에 대한 서운함이 다시 한 번 크게 느껴진다.

마음을 나누고 산다는 것은 참으로 어렵고 힘든 일이다. 그래서 간혹 마음이 다치지 않도록 인간관계를 가볍게 맺는 것이 안전하다는 얄팍한 논리를 앞세우는 사람도 있다. 그런가 하면 아예 받는 만큼 주는 일대일 교환 방식에 익숙한 사람도 있다.

모든 인간관계가 마음이 아닌 필요에 의한 만남이 되면 감

한의사 염용하의 내 몸을 살리는 생각 수업

정이 쌓일 자리가 없다. 애초에 서운함이라는 마음이 털끝만 큼이라도 붙을 자리가 존재하지 않았으니 정을 이야기할 필요도 없다. 주고받는 계산이 끝나면 쉽게 지워버릴 수도 있다. 문제는 누구나 다 그게 가능하지는 않다는 것이다.

너무나도 인간적인 사람과 바늘로 찔러도 피 한 방울 나오지 않을 것만 같은 냉정한 사람이 만나면 어떻게 될까. 그 인간관계는 십중팔구 냉정한 사람의 승리로 끝날 것이다. 직접적이든 간접적이든 우리가 살아오면서 익숙하게 봐왔던 일이기도 하다. 인간적인 사람은 상대를 믿고 자기 마음을 내주지만, 냉정한 사람은 자신에게 이익이 되는지 아닌지를 먼저 살핀다. 냉정한 사람에게는 지금 이 순간 상대가 내게 도움이 될지 안 될지가 인간관계를 지속하게 하는 기본 조건이다. 서운함을 느끼는 쪽은 당연히 인간적인 사람이다.

때로는 부모 자식 간에도 서운함이 생겨날 수 있다. 어릴 때 어떤 일로 인해 부모에게 느낀 서운함은 욕구 불만과 심적 괴로움을 불러온다. 부모님은 열 손가락 깨물어 안 아픈 손가락 없다고 말하지만, 어째서인지 유독 나만 세게 깨물고 다른 형제자매는 살살 깨문 것 같다는 잘못된 생각에 빠져들 때도 있다.

한번 서운함이 마음에 자리 잡으면 계속해서 잘못된 방향으로 관계를 맺게 된다. 세월이 지나 얼굴을 볼 때도 그때 왜 나만 꾸중하고 차별하면서 관심을 안 가져줬냐고 따지기 일쑤다. 과거에 느낀 서운함이 잠재의식 속에 뚜렷하게 각인되어 세상살이에 조금이라도 어려움을 겪을 때면 불쑥 튀어나오는 것이다. 지금 부모에게 분노 섞인 비난을 쏟아내며 핏대를 세우는 사람이 있다면 모두 지난날 느낀 서운함 탓이다.

그러나 부모가 자신을 다른 형제자매와 똑같이 대해줬는데도 차별받았다는 서운함을 느낀다면 자기 생각을 점검해볼 일이다. 혹시라도 혼자만의 착각에 빠져 있었을 수도 있다. 동일한 상황이라도 사람마다 받아들이는 정도가 다르기 때문이다.

부정적인 인간관계를 만드는 심리적 벽인 서운함을 털어낼 때 자유롭고 행복한 영혼으로서 삶을 만끽할 수 있다. 내가 남에게 베풀고 도움을 주었다는 생각을 가지고 있으면 사

한의사 염용하의 내 몸을 살리는 생각 수업

람은 늘 대가를 바라게 된다. 또 남보다 더 나은 대접을 받아야 한다는 생각을 기본적으로 하게 된다.

불편하고 서운한 감정을 치워버리고 아낌없이 주는 마음을 가지려 노력할 때 우리 삶은 건강하고 행복한 쪽으로 나아간다. 세상일은 다 내 마음 같지 않고 사람도 다 내 마음 같지 않다. 그런 세상에서도 주눅 들지 말고 자신의 양심에 떳떳하게 살 일이다. 서운하고 찜찜한 마음을 품는 대신 상대에게 조금 더 마음을 써주는 것이 행복으로 가는 지름길이다.

공자는 "덕을 베푸는 사람은 행복하고 자신을 알아주는 좋은 이웃이 반드시 있다"라고 말했다. 스스로 남에게 좋은 영향을 주려고 노력할 때 인간관계는 좋아지며 어제보다 멋진 오늘이 펼쳐질 것이다.

의심과 불신은 상대뿐 아니라
내 삶도 무너뜨린다

믿었던 사람이 의외의 모습을 보일 때 우리는 큰 허탈감에 빠진다. 흔히 하는 말로 믿는 도끼에 발등 찍히는 심정이 된다. 그때마다 산전수전 겪으면서 쌓은 경험과 그릇을 알아보는 지혜의 필요성을 절감하게 된다. 지식이 많다고 해서 세상 이치를 모두 꿰뚫어 볼 수 있을까. 그것 또한 내가 만든 허상이요 이미지에 불과하다.

전문가가 난무하는 이 시대에, 우리에겐 전문가로서 축적한 지식이 있을지는 몰라도 세상살이에 필요한 지혜는 거의

한의사 염용하의 내 몸을 살리는 생각 수업

없거나 자만심만 가득한 경우가 많다. 알고 있는 지식이 너무 많아 오직 자랑하기에만 바쁘다. 방송에 나와 전문가 행세를 하는 사람도 모두 지혜로운 것은 아니다. 어떤 일에 부딪혔을 때 제대로 된 해결책을 내놓지 못하는 경우가 허다하다. 믿어도 될 사람을 괜히 의심해 인간관계가 틀어지는 경우도 있고, 믿지 않아야 할 사람을 호의적으로 대해 낭패를 보는 경우도 있다. 지식은 많아도 사람을 보는 지혜가 없는 탓이다.

사람을 어떻게 판단할 것인가는 우리에게 매우 중요한 문제다. 어떤 경우는 사람을 너무 믿어서 문제고, 어떤 경우는 사람을 너무 믿지 않아서 문제다.

대개 한두 번 속아본 사람은 매사 의심의 눈초리를 거두지 않는다. 그렇다고 작정하고 속이려는 사람을 피해갈 수는 없다. 의심은 스스로 자신의 삶을 지치게 할 뿐이다. 주위 사람에게 피해를 보고 상처받은 트라우마가 잠재의식 속에 깊숙이 박혀 있는 것은 그 자신이 치유해야 할 숙제다. 사실을 잘못 보고 엉뚱한 판단을 한 것은 자신의 몫이다. 부정적인 경험 한 번으로 미루어 전체가 그럴 것이라고 섣불리 판단해서는 안 된다. 세상을 비딱하게 보는 시각을 고치지 않으면 많은 사람에게 불쾌감을 준다. 진정으로 나를 위해주는 사람을 떠나보내는 아픔도 겪을 수 있다.

의심을 많이 하면 위장이 가장 빨리 망가진다. 의료봉사를 하러 어느 시골 마을에 간 적이 있다. 50대 남성이 진료를 받으러 와서 위장이 좋지 않다며 고통을 호소했다. 진맥을 해보니 의심하는 마음이 너무 강해 자신의 건강조차 불신하고 있는 상태였다. 일반적으로 평범한 사람이 생각 필터 두세 개를 쓴다면 의심이 많은 사람은 열 개나 되는 필터로 고르고 또 고르는 스타일이라 할 수 있다. 환자의 위장을 힘들게 하는 것은 지나친 의심과 생각이었다. 생각을 가볍게 하고, 사람을 믿으면 빨리 낫는다고 이야기하니 환자는 수긍하며 고개를 끄덕였다.

의심이 지나쳐 의부증이나 의처증을 앓는 경우도 있다. 수십 년 동안 생사고락을 함께한 배우자를 믿지 못한다면 누구를 믿을 수 있으랴. 자신에 대한 깊은 믿음이 있으면, 웬만한 말과 행동에는 흔들리지 않게 된다. 이와 반대로 자신의 판단과 생각을 믿지 못하면 삶의 중요한 순간에 합리적인 결정을 하지 못하고 늘 의존적이 된다. 누군가의 의견과 뜻에만 따르는 것이다. 문제는 거기서 그치지 않는다. 그러다 잘되면 자기가 똑똑해서 그런 것이라 생각하고, 못되면 조언을 해준 남 탓으로 돌린다.

곧이곧대로 믿는 단순한 사람도 문제지만 매사 의심을 한 가득 품고 살아가는 사람은 더 큰 문제다. 사람이 사람을 믿지 못하면 누굴 믿겠는가? 여러 사람과 함께 행복하게 어울려 살려면 먼저 남을 믿는 연습부터 해야 한다. 양심을 팔며 사는 사람은 사실 그렇게 많지 않다. 세상이 어지럽고 거칠어도 그나마 제대로 돌아가고 있는 것은 자신의 삶을 아름답고 떳떳하게 가꾸려고 하는 사람들이 노력한 결과다.

도다리처럼 비딱하게 세상을 보는 사람은 삶이 늘 피곤하다. 자신을 위해 희생하고 도와주는 주위 사람들을 믿지 않으면 거칠고 험한 세상을 어떻게 살아갈 수 있을까? 의심과 불신이 가득 찬 세상은 행복하지 못한 세상이다. 진정한 행복은 서로를 믿어주는 가운데 빛을 발할 수 있다.

내 생각이
틀릴 수도 있다는 걸
받아들여라

인생이란 서로 다른 생각을 가진 사람들이 모여 부대끼고 희로애락을 느끼며 사는 과정이다. 사람마다 얼굴 모습이 다르듯이 생각의 모양도 네모, 세모, 동그라미, 사다리꼴, 마름모꼴 등 여러 생김새가 있다. 그런 까닭에 우리는 늘 주위 사람들과 부딪힐 수밖에 없다. 저마다 가진 생각이 다르기 때문이다.

그런데 소소한 부딪힘에도 언성을 높이고 감정이 격해지면 과연 주위 사람들의 마음이 어떨까? 매사를 비판하고 지적하며 마음을 불편하게 하는 사람에게 가까이 다가가고 싶은 마음이 생길 리 없다. 완벽한 사람은 세상 어디에도 존재하지 않는다. 설령 누군가 완벽하다는 평가를 받는다 하더라도 단지 완벽하게 보일 뿐이지 그 사람의 내면세계에는 상당한 모순과 잘못된 사고방식, 편견이 엉켜 있을 수 있다.

나 자신도 예외가 아니다. 내가 옳고 바르다는 생각이 강할수록 주변 사람들이 불편해진다. 아무리 옳다고 생각하는 일이라 하더라도 설득하고 존중하고 배려하며 기다려줄 줄 알아야 자연스럽게 수긍하는 분위기를 만들 수 있다. 평생을 겸손히 배우는 마음으로 사는 것이 인생의 안전 운행 철칙이다.

나와 다른 생각을 인정하지 않고 자기 생각만 옳다고 내세울 때는 평화와 균형이 깨진다. 내 생각을 강요하는 순간 상대의 스트레스는 높아지고 나에 대한 호감 지수는 떨어진다. 같이 밥 먹으면 체할 것 같은 사람, 길게 이야기하면 머리 아프고 가슴이 답답해질 것 같은 사람, 다시는 보고 싶지 않은 사람이 되지 않기 위해서는 내 생각만 고집하는 태도를 버려야 한다. 저도 모르게 기피 인물이 되는 순간 사람들은 이 핑계 저 핑계를 대면서 슬그머니 꽁무니를 빼고 달아날 것이다.

철학자 헤겔은 모든 인간의 내면에 숨어 있는 인정 욕구를 고려하지 않고 어떤 일을 행하는 것은 실수라고 했다. 상대의 가치를 진심으로 인정해주었을 때 주위 사람들은 내 생각을 들어주고 이해하고 소통하려 한다. 상대의 생각을 지레짐작으로 판단하면 매번 헛발을 내딛고 헛수고를 하게 된다. 내 자식, 내 식구, 내 친구라고 무조건 내 편을 들어줄 것이라는 단순한 생각으로 살면 큰 곤란을 겪을 수 있다. 부모와 자식, 상사와 부하 직원, 갑과 을의 수직적 관계만큼 쉽게 깨질 수 있는 관계도 없다. 그러므로 서로 존중해주고 인정해주며 살갑게 챙겨주는 마음이 필요하다.

중요한 것은 수평적인 평화와 행복의 관계다. '왜 저 사람이 저런 행동을 했을까?'를 늘 고민해보아야 한다. 내 생각에 비추어 '맞다' 혹은 '틀리다'로 결론 내리지 말고 다양한 관점에서 생각해보면 수긍이 가는 부분도 있다. '저 사람 생각이 옳을 수 있어' '저렇게 말하지만 그래도 새겨들을 부분이 있네' '어쩌면 내 생각이 틀릴 수도 있지 않을까' 등 유연하고 열린 자세로 살면 나 자신부터 행복해진다.

이해의 폭을 넓히고 내 생각으로 만든 기준에서 빠져나와 자유로운 영혼이 되어야 한다. 물론 이것을 말처럼 실천하기는 쉽지 않다. 다만 극단을 버리고 합리적인 중용의 정신을 길러야 한다는 점을 명심하고 작은 것부터 행동에 옮기자. 스스로를 위해 생각의 군더더기를 버리고 진정으로 쿨하게 살자.

바라는 것이 적을수록
유혹에 흔들리지 않는다

사람들을 만날 때마다 우리가 느끼는 감정은 각기 다르다. 마음이 모두 같지 않으니, 자신이 한 행동과 말이 각자의 감정 상태와 가치관, 철학에 따라 달리 평가되는 것이다. 좋은 이미지로 그려질 수도 있고, 비딱하게 보일 수도 있다. 대부분은 자기가 받은 인상에 따라 상대를 어떻게 대할지 결정하게 된다.

그러나 이때 조심해야 할 점이 있다. 바로 보이는 것이 다가 아니라는 사실이다. 겉만 보고 명랑하고 쾌활한 성격이니

편하게 대해도 되겠다고 판단하다간 큰일 난다. 겉으로는 웃고 즐거워하는 것처럼 보일지 모르지만 누구에게도 이야기하기 곤란하고 들키기 싫은 사연을 가슴 한쪽에 쌓아두었을 수도 있다.

우아한 백조가 호수 아래로 끊임없이 발을 움직이듯, 편안해 보이는 얼굴 뒤에는 고뇌와 번민으로 불면의 나날을 지새우며 한숨짓는 사정이 있을지 모른다. 대중의 인기를 한 몸에 받던 사람이 인터넷상에서 계속되는 악의적인 댓글에 스트레스를 받아 극단적인 선택을 하는 것도 그래서다.

인간의 내면세계는 참으로 복잡해서 한 번에 파악할 수 없다. 내가 나를 모르는데, 다른 사람의 마음을 어찌 제대로 알 수 있을까?

지혜가 부족하면 상대의 그릇을 잘못 판단하는 오류를 범할 수 있다. 주위를 둘러보면 온갖 아양을 떨며 비위를 맞추는 사기꾼에게 속아 피해를 당하고 매일을 눈물로 지새우는 사람들이 많다. 겪지 않고는 알 수 없는 게 사람이다. 첫인상만으로 상대가 어떤 사람이라고 단정하기에는 다소 위험이 따른다.

또한 함께 겪은 세월이 오래되었다고 해서 무작정 신뢰할 수도 없다. 그래서 알고 지낸 지 오래되었다는 이유로 상대를 무조건 믿어서 사기를 당한 사람도 많다. 겉으로는 천하에 다시없을 호인으로 보이며 늘 입맛에 맞는 이야기만 늘어놓더니, 그 속에 시커먼 도둑놈 심보가 있을 줄 누가 알았겠는가?

사람 보는 눈을 점검해야 똑같은 실수를 반복하지 않는다. 이와 동시에 중요한 것은 내 몫이 아닌 이익을 바라지 않는 자세다. 나 자신이 상대에게 바라는 것 없이 담담하다면 웬만한 유혹에는 마음이 움직이지 않을 것이다. 짧은 기간에 뭔가를 이루어야 한다는 욕심을 버리고 순리대로 물 흐르듯 살아가겠다고 다짐할 필요가 있다.

적과 동지는
손바닥의 앞뒤와 같다

인생의 성패는 사람에게 달려 있다. 누구를 만나 어떤 관계를 맺느냐에 따라 인생이 달라진다고 말해도 과언이 아니다. 때로는 힘들고 외로울 때 누군가에게 큰 위안을 받기도 하고, 반대로 누군가에게 상처와 고통을 받기도 한다.

좋은 사람은 일상의 소소한 어려움을 해결해주며 늘 천사 같은 손길을 뻗친다. 다른 이에게 피해를 끼치기는커녕 가까운 누군가가 절망에 빠졌을 때 희망과 용기를 북돋아준다. 중요한 결정을 내려야 할 때 미처 우리가 보지 못했던 관점을 제시해서 실패 리스크를 줄이고 성공 가능성을 높여주기도 한다. 좋은 사람이 옆에 있다는 것은 인생의 큰 복이 아닐 수 없다.

좋은 사람이면서 지혜롭기까지 하다면 금상첨화다. 살다 보면 도저히 자신의 머리로는 풀 수 없는 고차 방정식 앞에서 무기력해지며 가슴이 터질 듯한 답답함을 느끼곤 한다. 주위에 지혜로운 사람이 없다면 그만큼 난국을 헤쳐나가기 힘들어진다. 몸과 마음이 지쳐 짧은 시간에 늙어버린다. 이럴 때 누군가 자신의 고민을 들어주면서 딱 맞는 해결책을 알려주면 너무나 감사한 일이다. 내 삶에서 중요한 선택의 기로에 섰을 때 믿고 의논할 사람이 있다면 시간, 체력, 돈, 기회를 낭비하지 않을 것이다. 답답한 마음을 뻥 뚫어주는 지혜로운 이의 한마디는 인생의 청량제이며 시원한 약수다.

물론 자신이 먼저 다른 사람에게 좋은 사람이 되려고 노력해야 주변에 좋은 사람이 늘어나는 것이 세상 이치다. 평소에는 전화 한 통 없다가 자기가 어려워지면 만나자고 야단인 사람은 상대의 진심을 얻을 수 없다. 명절 인사도 하고 계절이

한의사 염용하의 내 몸을 살리는 생각 수업

바뀔 때마다 건강을 묻는 인사성 좋은 사람은 인적 자원이 풍부하다.

인적 자원이 풍부하면 여기저기 의논할 데가 많아 종합적이고 합리적인 판단을 내릴 수 있다. 평소 인맥관리의 중요성이 이때 드러난다. 입만 열면 음담패설이나 농담으로 시간을 보내면서 시답잖은 무용담과 남 욕만 늘어놓는 사람을 자주 만난다면 오판할 여지가 늘 존재한다.

자기 자신도 잘살지 못하면서 남의 인생에 훈수를 두는 교만한 사람을 가까이하면 참담한 결과가 예정되어 있다. 쾌락을 즐기기 위해 사는 것이 멋진 인생이라고 생각하는 사람을 가까이하면 시간이 지난 뒤 뼈저리게 후회한다. 위험 인물과 거리를 두는 것이 자신의 소중한 삶을 지키는 첫 번째 길이다. 술만 먹으면 싸움을 벌이는 사람, 잔머리 잘 굴리는 것을 머리 좋다고 착각하는 사람, 나서길 좋아하며 뒷감당할 능력이 없는 사람과 인연을 맺는 순간 인생이 복잡해진다.

사람이 중요하다. 자기 것은 아무리 남아돌아도 아까워 내주지 않는 인색한 사람, 남의 나쁜 면만 바라보고 끝까지 물고 늘어지는 사람, 불만을 내색하지 않다가 어느 순간 돌변하는 이중적인 사람과 맺은 인연을 정리하지 않으면 예기치 못한 순간에 내 삶이 무너질 수 있다.

사마천은 《사기》에서 "지혜가 부족하고 생각이 얕은 사람은 사적인 감정과 눈앞의 이익에 끄달려 고통을 맛보고, 욕심이 가득 찬 사람은 재물에 눈이 어두워 자신을 망친다"라고 했다.

아무리 오랜 시간 지켜봐도 알 수 없는 게 사람이다. 가까운 사람의 그릇과 생각을 잘 읽고, 적과 동지가 손바닥의 앞뒤와 같다는 진리를 되새기며 매사 조심하며 지내야 한다. 인간성에 문제가 있는 사람이 자기한테 잘해준다고 가까이 두면 화를 당하기 십상이다.

인생이란 긴 항로에서 누구를 벗하고 나아가야 할지 잘 선택해야 한다. 후회의 눈물을 흘리지 않으려면 높은 안목과 깊은 지혜를 지닌 이에게 의견을 구해야 한다. 지혜로운 이와 인연을 맺으면, 엉뚱한 길로 가는 위험을 없앨 수 있다.

한의사 염용하의 내 몸을 살리는 생각 수업

3장

살아가는 데도
힘 조절이 필요하다

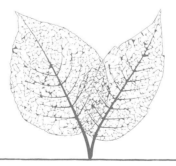

·
마음이 모든 것을 결정한다.
안정된 마음은 건강과 행복의 기본 조건이다.
·

세상에
변하지 않는 것은 없다

【생각의 틀】

세상에는 대체로 바른 생각을 가진 사람이 많지만, 간혹 편견을 가지고 있어서 심리적 장벽이 느껴지는 사람도 있다. 생각이 꼿꼿해 원칙과 철학을 가지고 사는 사람도 있지만, 때로는 양심을 저버리고 순간의 영달만 추구하는 부류도 있다. 어떤 어려운 일이 있어도 사고와 행동의 브레이크와 액셀을 잘 조절해 원만하게 해결하는 사람이 있는가 하면, 감정적으로 일을 처리해 씻지 못할 오욕의 역사를 자초하는 사람도 있다. 어느 한순간도 손해 보지 않으려는 이기심으로 똘똘 뭉친 사람은 가족과 주변 사람들의 가슴을 아프게 한다. 반면에 가진 것은 별로 없어도 인심이 넉넉해 다른 사람들을 챙겨주며 그들을 기쁘게 해주려고 부단히 애쓰는 이타적 삶을 추구하는 사람도 있다.

사람마다 생김새가 다르듯 저마다 다양한 틀을 가지고 세상을 바라본다. 눈높이가 다르니 똑같은 일을 겪어도 반응하는 정도가 다르고 그에 따른 후속 행동에도 차이가 있다. 고정관념에 갇혀 세상일을 재단하면서 자기 자신과 주위 사람을 힘들게 하는 이도 있고, 지난 일을 교훈 삼아 합리적으로 판단하며 마음가짐을 새로이 다지는 이도 있다.

심한 경우 삶의 시계가 멈춰 서버린 사람도 있다. 과거에 고통받았던 일에 매몰되어 신세 한탄과 자책, 자기 상실감에서 헤어나지 못하는 것이다. 과거의 일이 현재를 지배하고 있다면 아무리 즐겁고 기쁜 일이 있어도 행복하지 않다. 뇌 속에 큰 그늘이 드리워 있기 때문이다. 그런 사람은 현재의 삶을 살 수 없다.

하지만 과거는 지나가버렸다. 어느 누구도 시계를 되돌릴

한의사 염용하의 내 몸을 살리는 생각 수업

수 없고 이미 만들어진 결과를 바꿀 수도 없다. 그럴 땐 생각의 틀을 바꾸려 노력해야 한다. 사실 모든 것은 생각의 틀에 달려 있다. 생각의 틀을 바꾸면 그전에 이해되지 않던 일이 조금씩 이해되고, 도저히 용서할 수 없던 일에 대해서도 조금씩 너그러워질 수 있다. 누군가에게 원망과 비난의 화살을 계속 쏘아댔지만 어느 순간 그게 부질없는 행동이었음을 깨닫기도 한다.

40대 남성 B씨가 발기부전으로 한의원에 찾아온 적이 있다. 어느 날 과음을 한 뒤 부부관계를 시도했는데 잘되지 않아 여러 번 시도했지만 끝내 포기했다고 했다. 문제는 그 뒤부터였다. 좋지 않은 경험 한 번이 가슴을 짓누르기 시작하자 B씨는 부인이 가까이 다가오기만 해도 겁부터 나고 도무지 자신감이 생기지 않았다. 발기부전에 좋다는 약을 먹어도 문제가 해결되지 않았다. 문진을 해보니 체력이 바닥이고 업무 스트레스로 뇌가 항상 흥분되어 있으며 주말에는 하루 종일 잠만 잘 뿐 운동과는 아예 담을 쌓고 살고 있었다.

어느 누구 할 것 없이 피곤하면 성생활이 곤란해진다. 게 다가 과음을 하면 간에서 알코올 분해하기도 바빠 다른 곳에 에너지를 보낼 여력도 없다. 대개 B씨처럼 일시적으로 나타난 현상이라면 약간만 신경 써도 금방 호전될 수 있다.

나는 B씨에게 술을 줄이고 주말에는 피곤해도 한두 시간 정도 가볍게 걷거나 등산을 해보라고 권했다. 또 단백질 위주로 영양분을 섭취하고, 특히 부추, 양파, 마늘, 장어, 추어탕 등 양기를 북돋는 음식을 많이 먹으라고 말했다. 그로부터 몇 달 뒤에 B씨는 한결 환해진 모습으로 한의원을 찾아왔다. 처방 덕분에 자신감도 회복하고 부부 사이도 좋아졌다고 말하는 B씨의 얼굴은 그전과는 사뭇 달라 보였다.

'일만 열심히 하면 되지. 다른 것은 신경 쓸 겨를이 없다'라고 생각하는 사람이 있다. 그런 사람들이 쉽게 놓치는 문제가 바로 힘의 조절, 즉 균형이다. 하루하루 최선을 다해 신경을 곤두세우고 살다 보면 어느 날 덜컥 문제가 생길 수 있다.

예전에는 아무렇지도 않게 척척 해냈던 일이 잘되지 않는 이유는 무엇일까. 지금 당장만 생각하면서 힘 조절을 하지 않고 살아왔기 때문에 몸에 무리가 온 것이다. 우리는 자각하지 못해도 몸은 이미 답을 알고 있다.

언제나 지금처럼 유지할 수 있을 거라고 장담하는 것은 무리다. 세상에 변하지 않는 것은 없다. 내 몸의 세포도 지금 이 순간 변하고 있고, 생각의 기본 틀도 바뀌고 있다. 과거에 싫었던 것이 좋아지기도 하고 몰입해 있었던 것이 싫증 나기도 한다. 체력이 좋을 때는 한두 시간 일을 더해도 거뜬했지만 언제부터인가 근무시간에 집중이 안 되어 힘에 부치는 시기가 있다.

입맛도 바뀐다. 과거에는 전혀 먹지 못했던 음식을 지금은 자주 찾는 경우도 많고, 예전에 즐겨 먹던 음식이 싫어지기도 한다. 고기는 냄새가 난다며 생전 입에 대지도 않던 사람이 하루 한 끼라도 고기가 없으면 밥을 먹지 않고, 고기 위주로만 식사한 사람이 몸에 문제가 생겨 채식을 선언하기도 한다.

한낱 약수터의 물조차 변화에서 자유롭지 않다. 예전에는 맛이 있어서 식구들을 위한다고 매일 받아 온 물인데 어느 날 가보니 환경오염이 심해져 음용하기에 부적합하다는 경고 문구가 붙어 있기도 하다.

모든 것은 조화를 추구하려는 방향성을 지닌다. 극단은 극단을 낳고, 편견은 부조화를 부를 뿐이다. 우리 몸의 신경이나 세포조직도 능동적인 동물적 부분과 수동적인 식물적 부분이 함께 어우러져 있다. 탄수화물, 지방, 단백질, 미네랄, 비타민, 효소 등의 기본 영양분이 몸에 필요한 만큼 지속적으로 공급되어야 몸의 균형과 조화가 맞는다. 뭐든 부족하거나 지나치지 않아야 건강을 유지할 수 있다.

극단적인 채식도, 극단적인 육식도, 균형이라는 측면에서는 결코 옳지 않다. 채식과 육식의 적당한 조합은 건강을 지키는 필요충분조건이다. 기운도 없는 사람이 매일 풀만 먹고 있으면 에너지가 만들어지지 않는다. 장 온도가 떨어져 배가 차갑고 소화효소 활동이 활발치 않아 잦은 설사와 가스, 복통이 생긴다. 또 혈액과 영양물질 공급이 부족해 만성피로, 호르몬 부족, 백혈구 감소, 면역력 저하, 어지럼증, 귀 울림, 건망증, 탈모, 안구 건조, 피부 거칠어짐, 성욕 저하 등이 뒤따르기도 한다.

인체의 온도도 조화를 추구한다. 평상시에 머리에 땀이 줄 줄 흐를 정도로 몸에 열이 많은 사람이 닭, 인삼, 홍삼, 벌꿀, 양고기, 염소고기, 달걀, 양파즙, 마늘즙, 생강차를 계속해서 먹으면 열의 분포도가 높아져 몸에 이상이 생긴다. 잠시 먹는 것은 괜찮지만 몸에 좋다고 착각해서 계속해서 먹으면 아토피, 지루성 피부염, 안면 홍조, 종기, 고혈압, 여드름, 다래끼, 안구 충혈 증상이 생길 수 있다. 가슴이 답답하고 심장이 두근거리거나 입안이 바짝 마르는 증상이 생길 때도 있다.

이와 반대로 몸이 찬 사람이 하루에 물을 2리터 이상 마셔야 좋다는 이야기를 듣고 그대로 따르면 체온이 떨어지고 변이 무르거나 설사가 생기고 붓는 증상이 나타난다. 결국 손발이 차가워지며 추위를 더 많이 느끼게 된다. 또 메밀차, 결명자차, 녹차, 우엉차, 칡차, 국화차, 민들레차, 어성초차, 인진쑥이나 느릅나무 끓인 물을 많이 마시면 냉한 몸이 더욱더 차가워진다.

수많은 고전 가운데 세상 이치를 가장 잘 담고 있는 책으로 《주역》을 꼽을 수 있는데, 이 책 또한 세상만사가 두루 바뀐다는 만고불변의 진리를 담고 있다. 중요한 것은 모든 것이 변화한다는 사실을 알아차리고 마음으로 받아들이는 것이다. 체질이나 성격에 대해서도 고정적인 틀을 가지면 변화하는 내 몸에 합리적이고 효율적으로 적용하기 어렵다. 계절에 따라 수면시간도 달라지며 사람에 대한 호불호도 변한다. 경제관념도 달라지고 물건이나 옷에 관한 취향도 변한다. 경기가 좋은 시절도 있지만 불경기도 반드시 다가온다. 오늘은 맑은 하늘이지만 내일은 미세먼지와 황사가 가득한 하늘일 수 있다.

생각의 틀이 고정되어 있는 사람은 매사 완벽을 추구하고 다른 사람에게도 자신의 틀을 강요한다. 그러다 조금이라도 잘못되면 "도대체 정신을 어디에 팔고 이따위로 했느냐?" "기본 개념이 안 잡혀 있다" "이렇게 일해서 되겠느냐?" 하며 핀잔을 주기 일쑤다. 역지사지가 안 되니 자신도 답답하고 주위 사람들의 가슴에도 피멍이 든다. 그런 사람은 일은 잘할지 몰라도 함께하는 리더십이라는 측면에서 보면 거의 빵점 수준이다.

세상과 사람에 대한 이해의 폭을 넓히고, 자기를 묶어두고

한의사 염용하의 내 몸을 살리는 생각 수업

있는 과거의 경험칙, 불행한 사건, 불만족스러운 욕구, 거짓
된 가면에서 벗어나야 한다. 그렇게 해야 진정한 대자유인으
로서 멋진 삶을 누릴 수 있다.

만족과 절제가
내 삶의 안전판을 만든다

《명심보감》에 이르길 "만족할 줄 알면 즐거울 수 있고, 탐욕을 채우는 일에만 힘쓰면 근심하게 된다"라고 했다. 맛있는 것도 과식하면 탈이 나고, 좋은 일도 지나치면 의지를 무너뜨린다. 자기만족에 도취되어 안하무인이 되는 순간 그동안 쌓아올렸던 모든 것이 무너지는 고통이 시작된다.

절제하는 삶 속에 행복이 있다. 옛 어른들은 복이 많아도 아껴 쓰라고 말했다. 순간적인 만족을 위해 무리수를 두어 허세와 허영을 부리고, 헛된 명예를 반복해서 추구하면 많은 사

한의사 염용하의 내 몸을 살리는 생각 수업

람의 입방아에 오르내리는 것은 당연하다. 상대를 무시하는 자만심은 자신의 부족함과 잘못된 판단을 교정할 수 있는 기회를 놓치게 만든다. 자기만족이 지나쳐서 오로지 자기 자신만 가장 똑똑하고 훌륭하다고 생각하는 사람에게 진심 어린 충고를 할 사람은 많지 않다. 어떻게 하든 이익을 얻으려고 호시탐탐 기회를 노리는 사람들만 득실거릴 뿐이다.

술을 마실 때도 절제할 줄 모르면 언젠가는 실수를 하게 된다. 반드시 인간관계에 금이 갈 일이 생기고, 당장 건강에도 적신호가 켜진다. 순간의 만족을 위해 미래의 행복을 망가뜨리는 삶은 현명하지 않다. 뭐든 넘치면 쌓이고, 그것이 쌓여 한계에 도달하면 병이라는 형태로 나타날 수밖에 없다. 무엇이 진정 삶을 행복하고 건강하게 해줄까? 늘 이 점을 고민해야 행복한 미래를 누릴 자격이 있다.

그런데 실제로 우리는 우리 삶에 얼마나 만족하며 살아갈까? 자신이 가지고 있는 배경, 직업, 가족, 배우자, 사회적 유대관계, 직장에 모두 만족하며 사는 이는 행복한 사람이다. 그만큼 주어진 것에 만족하며 사는 사람이 드물다는 말이다.

특히 요즘은 금수저, 은수저, 흙수저 등 타고난 배경으로 삶을 규정짓는 세상이 되었다. 태어난 환경과 부모, 가족은 마음대로 바꿀 수 없으니 세상을 원망하고 부모 탓을 하는 철없는 사람도 많다. 혹은 금수저로 태어나 멋대로 남을 무시하며 안하무인으로 행동하는 사람도 있다.

그러나 금수저가 흙수저도 되고, 흙수저가 금수저도 될 수 있는 것이 세상의 이치임을 아는 사람은 별로 없는 것 같다. 어떤 것도 고정되어 있지 않은데도, 우리는 현재의 상태만 보고 모든 것을 단정 지어버린다. 부자가 삼대를 못 간다는 말이 있다. 교만에 빠져 시대의 흐름을 읽지 못하고 절제와는 거리가 먼 삶을 살면 결코 해피엔딩이 찾아오지 않는다.

옛날 경주 최 부잣집은 자기만족을 위해 다른 사람들을 괴롭히지 않고, 함께 일한 만큼 함께 가져가는 걸 원칙으로 삼았다. 때를 가려 정당한 방법으로 재산을 늘리고 받은 만큼 사회에 환원했다. 최 부잣집의 철학은 사실 지금 시대에 더 필요한 가치관이다. 나만 잘살면 된다는 지나친 이기심은 과욕으로 이어져 많은 사람을 힘들게 한다. 이와 반대로 조금만 절제한다면 더불어 행복해질 수 있다.

우리 몸도 마찬가지다. 절제는 건강을 지켜주는 좋은 습관이다. 아무리 맛있는 음식이라도 위가 꽉 찰 때까지 먹고 나면 구토, 복통, 설사, 가스 증상으로 몸만 힘들다. 운동도 자기 몸 생각하지 않고 밤낮으로 무리하게 하면 해를 주기 마련이다. 관절이 망가지고 피로가 쉽게 오며 활성산소가 많아져 혈액 오염 속도가 빨라진다. 또한 성욕을 주체하지 못하고 잦은 성행위를 하면 기운이 빠지고 이명이 생기며 노화 속도를 부추긴다.

뭐든지 자기 몸에 맞게 절제해야 한다. 좋은 일도 한꺼번에 다 하려고 하지 말고 시간을 두고 지혜롭게 절제할 줄 알아야 꾸준히 유지할 수 있다. 운동이나 사회활동, 독서, 취미 생활 등에 고루 에너지를 쓰면 정신적 수준이 높아지며 얼굴에는 윤기가 흐르고 광이 난다. 가족 간에도 굳이 할 필요가 없는 말은 절제하고 서로 상대의 만족을 위해 노력할 때 행복한 가족관계를 유지할 수 있다.

주위 사람들의 행복을 위해 절제하는 삶을 살 때 어느 곳에서든 환영받는 사람이 될 수 있다. 그칠 때 그칠 줄 알고, 행할 때 행할 줄 알고, 용기 낼 때 용기 낼 줄 알고, 물러설 때 물러설 줄 알고, 자신의 미래를 위해 참을 때 참을 줄 알아야 한다. 지금의 행동과 말이 나중에 어떤 결과를 가져올지 아는 지혜로운 절제는 나 자신을 지키는 길이며, 미래의 행복한 삶을 보장하는 지름길이다.

한의사 염용하의 내 몸을 살리는 생각 수업

잘나갈 때일수록
몸을 낮춰라

【생각의 높이】

인간은 기본적으로 자신은 대우받고 존중받기를 원하지만, 역지사지는 잘 안 되는 게 보통이다. 그래서 뉴스에 간혹 등장하는 게 '갑질'이다. 억지로 자신을 높이려 들고, 직원을 노예 부리듯 하며, 나이의 많고 적음에 상관없이 막말을 던지고 인격 수양이 덜 된 행동을 서슴지 않는다.

세 살 먹은 아이도 자신이 존중받는지 아닌지 안다. 그래서 여러 가족이 앉아 있으면 자기를 가장 아끼고 좋아하는 사람의 무릎에 올라가는 법이다. 평소 잘해주고 인격적으로 대하면 저절로 마음이 우러나서 존중하게 된다. 상대를 기분 좋게 존중해주고 감사한 마음을 표현하고 깍듯이 인사하며 지내면 갑질 소동으로 서로의 인생에 얼룩을 남기는 일은 없을 것이다.

이와 반대로 자기만 높다고 생각하면 상대에게 터무니없는 강요를 하는 비상식적 인간이 된다. 상황 설명 없이 일방적 지시를 하게 되므로 갑질의 전형적인 모습을 띠는 것이다. 높은 자리에 오래 있으려면 어떤 사람한테든 고개를 90도로 숙여 인사하는 것부터 배워 실천하는 게 좋다. 상대를 높이면 내가 살고, 나를 높이고 상대를 낮추면 화가 눈앞에 가까이 다가온다. 스스로 낮추는 수양을 하지 않으면 세상이 자기 머리를 흙탕물과 불구덩이에 처박아버릴 수 있음을 명심해야 한다.

명성과 부를 지녔다면 항상 자신의 걸음걸이와 처신에 지나침과 부족함이 없는지 살펴보고 매사 도리에 합당한지 꼼꼼히 복기해야 한다. 한마디로 겸손한 마음으로 자기 절제를 위해 노력해야 한다. 상대의 생각은 사소한 의견이라도 무시

한의사 염용하의 내 몸을 살리는 생각 수업

하지 않고 태산처럼 높이 받들며, 보이는 곳에서든 보지 않는 곳에서든 한결같이 자신을 낮추는 연습을 해야 한다. 상대방의 의견과 격을 높여주는 처신은 탄탄대로로 나아가는 지름길이요, 성공으로 난 고속도로다.

자신을 스스로 높게 보고 늘 대접받아야 할 사람이라고 착각하고 살면 교만과 독단, 아집, 우월감에 휩싸이게 된다. 주위 사람의 진심 어린 충고도 무시하기 일쑤고, 남이 자기를 도와주는 것을 당연히 여겨 감사 표시도 하지 않는다. 그런 사람 주위에 친구가 남아 있을 리 없다. 진심으로 마음을 털어놓고 소탈하게 웃을 수 있는 사람, 자신이 위기에 처했을 때 기발한 아이디어로 기사회생시켜줄 사람은 눈을 씻고 찾아봐도 보이지 않는다. 평소 사람 관리를 안 했으니 당연한 결과다.

자신을 높이려고 안간힘을 쓰는 사람의 주위에는 늘 아첨꾼과 스파이만 득실거린다. 이익을 바라고 달라붙은 한시적 인간관계이거나 꼬투리를 잡기 위해 잠입한 사람이다. 한마디로 사람 같은 사람은 거의 없다고 할 수 있다.

나는 예전에 잘나가는 사업가였던 50대 남성 A씨를 진료한 적이 있다. A씨는 사업이 한창 잘될 때 낮부터 새벽 두세 시까지 자기 사무실에 죽치고 앉아 밥 먹고 놀던 사람이 열 명도 더 넘었다고 말했다. 그런데 어느 날 갑자기 A씨가 뇌졸중으로 쓰러져 입원해 더 이상 사업에 전념할 수 없는 지경이 되자 상황은 돌변했다. A씨는 손발을 마음대로 쓰지 못하고, 발음도 명확하지 않아 의사전달이 제대로 되지 않는 몸 상태가 되었다. 잘나가던 사업장은 하루아침에 문을 닫아야 했다. 그동안 병원에 한 번이라도 들르거나 전화를 걸어오는 사람은 없었다. 오히려 이편에서 전화를 해도 아무도 받지 않았다. 돈이라도 빌려달라고 할까 봐 무서워 모두 연락을 끊은 것이다.

만약 A씨가 평소 잘나갈 때 몸을 낮추고 주변의 어려운 사정을 헤아리고 도와주려는 마음을 냈다면 어땠을까. 눈앞의 이익에 홀리듯 달려드는 아첨꾼이 아니라 꽤 괜찮은 사람들이 포진해 있었을 것이다. '있을 때 잘해'라는 말은 만고불변의 진리다. 중요한 직책에 있을 때, 주위에서 인정받고 있을

한의사 염용하의 내 몸을 살리는 생각 수업

때, 사업이 잘될 때, 사람들을 챙겨주고 사소한 어려움이라도 해결해주려는 진심을 보여줘야 상대방의 가슴속에 좋은 이미지로 기억될 수 있다.

가까울수록
적당한 거리가 필요하다

【생각의 습도】

매일 적잖은 사람을 만나지만 어딘가 모르게 마음이 가는 사람이 있고, 자주 봐도 무덤덤해 가볍게 넘어가는 사람이 있다. 자기 마음에 들면 자주 만나 시간을 같이하고 싶고, 마음을 나누고 싶은 것이 일반적이다. 나이나 성별과 무관하게 마음이 가는 사람에게 관심을 갖고, 그와 관련된 이야기가 들리면 귀를 쫑긋 세우기도 한다.

문제는 나는 상대가 마음에 드는데 상대는 나를 싫어하거나, 아니면 아주 부담스럽게 여기는 경우에 발생한다. 지나

한의사 염용하의 내 몸을 살리는 생각 수업

친 관심은 상대 입장에서는 거북한 호의가 된다. 지나치게 집착해서 하루에 수십 차례 전화하고 바빠서 통화가 안 되면 왜 이렇게 연락이 안 되느냐며 짜증 섞인 문자 메시지를 보내는 애인이 있다면 삶이 피곤해지고 불쾌지수가 올라간다. 한두 번 전화해보고 안 받으면 '업무가 많아 시간 내기 곤란하구나' 하며 가볍게 넘기면 될 일 아닌가.

나아가 혹시라도 자기 마음에 든다고 상대 의사는 묻지도 않고 그를 통제하려 들면 심각한 문제로까지 치닫는다. 뉴스에 자주 등장하는 끔찍한 사건은 모두 정말로 상대를 사랑했다면 도저히 가능하지 않았을 일이다. 집착을 사랑으로 착각해 자기 뜻대로 되지 않으면 상대를 해치는 행위는 용서받을 수 없는 범죄다. 서로가 동의하는 상황에서만 모든 인간관계가 지속될 수 있다.

지나친 집착은 상대의 목을 조르는 것과 같다. 집착하는 당사자의 삶도 행복하지 않겠지만 의심당하는 쪽은 그야말로 미칠 지경이다. 깨질 듯한 두통 탓에 진통제를 하루 서너 알은 먹어야 견디고, 울화가 심해 겨울에도 창문을 열고 자야 겨우 잠을 이룰 수 있다. 안면 홍조가 심해 만나는 사람마다 낮술 먹었느냐고 물을 정도다. 갑작스러운 가슴 통증으로 인해 응급실에 갔다가 심장혈관 이상이 발견돼 스탠드 시술을 받기도 한다.

집착이 강한 사람은 식욕, 성욕, 탐욕, 명예욕도 강하다. 자의식이 세고 자존심이 강해 가벼운 일도 그냥 넘기지 않는다. 어릴 때부터 어느 누구도 믿지 못하는 불신의 벽이 크고 단단하게 둘러싸고 있는 탓이다.

집착이 많은 사람은 혀에 끈적거리는 설태가 많이 끼고, 결석이 잘 생기며, 석회가 쌓인다. 요즘 유행하는 담적병, 혈액 오염, 농포, 심장 비대, 성대 부종, 뾰루지, 부풀어 오르는 두드러기가 자주 생긴다. 정신적으로 분리불안증이 있기도 하다.

물론 부모 자식 간에도 지나친 집착이나 간섭은 좋지 않다. 부모가 자식에게 압박과 부담을 주면 관계가 깨지기 쉽다. 자녀에게 무언가를 억지로 하게 하는 것은 기대만큼의 효과를 얻을 수 없고, 효과가 있더라도 오래가지는 않는다. 바

한의사 염용하의 내 몸을 살리는 생각 수업

라는 쪽의 생각과 주는 쪽의 생각이 저울추처럼 수평을 맞출수는 없는 노릇이다. 대개 준 쪽에서는 충분히 해줬다고 생각하지만, 받은 쪽에서는 적게 받았다고 생각하게 된다. 그저 가족 간의 사소한 마음 씀에도 서로 "고마워요" "수고했다"라고 인사를 건네는 게 제일이다. 적당한 거리를 유지하며 대가 없이 무언가를 바라는 마음을 줄여야 부모 자식 사이가 더욱 돈독해진다.

쓸데없는 집착에 휩싸여 얼굴을 찌푸리며 주위 사람을 닦달하고 살지, 무소유의 정신으로 부담 없이 평생 즐기며 살지는 자신이 결정해야 할 문제다. 무엇이 행복한 삶을 만들까? 생각이 지혜롭다면 적어도 쾌적한 삶의 환경을 조성할수 있다.

명상으로 마음의 파도를
가라앉혀라

【생각의 안정】

인생이란 날씨와 마찬가지로 변화의 굴곡이 있다. 살다 보면 기분 좋은 일도 있고 힘든 일도 있는 것이다. 일생이 평탄해 별 어려움 없이 사는 사람도 있고, 부침이 심한 삶을 살아가는 사람도 많다. 세상 어느 누구도 어려움과 고통을 겪지 않고 살고 싶어 하지만, 뜻대로 되지 않는 게 인생이다.

갑작스러운 일이 벌어지면 누구나 당황하며 어쩔 줄 몰라 하게 된다. 아무리 차분하고 침착한 사람이라도 돌발 상황을 눈앞에 두고 놀라지 않는 경우는 드물다. 평소에는 이성적으

한의사 염용하의 내 몸을 살리는 생각 수업

로 냉철하게 판단해 여러 사람에게 훌륭한 조언자 역할을 하지만, 그런 사람도 뜻하지 않는 돌발 상황에서는 허우적댈 수 있다. 아무리 수양이 잘되어 있는 사람도 자신의 진심을 왜곡하는 상황에서 냉정함을 유지하기란 쉽지 않다. 자존심을 뭉개고 자기를 하찮게 취급하는 몰상식한 사람에게는 분노가 치민다. 분노가 온몸을 휘감아버리면 눈에 보이는 것이 없어진다. 뉴스에 간혹 나오는 끔찍한 사건사고는 분노 조절 장애의 결과물이다. 오랫동안 가슴에 간직해둔 분노가 쌓이고 쌓여 한순간에 폭탄처럼 터져버리는 것이다.

주위 사람에 대한 고마움과 애정이 줄어들수록 격한 감정 표현과 거친 행동이 나오기 쉽다. 마음속에 분노, 미움, 원망이 계속 자리 잡고 있다면 행복하고 건강한 삶과는 거리가 멀어지기 시작한다. 마음속에 움트고 있는 어둠의 씨앗을 알아차리고 뽑아버리지 않으면 삶이 여러모로 불편해지고 인간관계가 망가지기 시작한다.

자신과 세상 사람들에 대한 그릇되고 치우친 생각을 내버려두면 어느 순간 커다란 암벽처럼 넘어서기 힘든 대상이 된다. 자기를 똑바로 보고 삿된 마음을 바로잡을 때 편안하고 한결같은 평상심이 생긴다. 마음이 안정되어 있지 않으면 뭐든지 제대로 볼 수 없다. 파도가 치지 않고 고요해야 물 위에 비치는 것이 제대로 보이듯이 마음이 안정되어야 자신, 가족, 주위 사람도 모두 편안하고 여유롭게 대할 수 있다. 안정된 마음이 있어야 일상의 사소한 일부터 직장과 가정의 대소사까지 제대로 판단하고 합리적으로 처신할 수 있다.

율곡 선생은 《성학집요》에서 붕 뜬 마음과 악심과 망상과 집착이 마음의 혼란을 가져온다고 했다. 흥분하는 바람에 지나친 행동을 하고, 악심이 치밀어 올라 독한 말과 행동을 하고, 현실에서 벗어난 잘못된 판단을 내렸을 때 그 결과는 어떨까? 어느 누가 그 모습을 보고 이해해줄 수 있을까? 사태가 진정된 후 자신의 행동에 후회를 하지 않을 자신이 있을까? 상처 입은 사람들의 고통이 얼마나 클까? 이런 문제를 곰곰이 생각해보면 어떻게 행동해야 할지는 자명해진다.

나는 환자들에게 기분에 흔들리지 않고 고요한 마음을 유지할 수 있도록 아침에 일어났을 때와 자기 전에 5분에서 10

한의사 염용하의 내 몸을 살리는 생각 수업

분 정도 명상을 해보라고 권한다. 명상은 자기 삶을 행복하게 해주는 큰 주춧돌이 된다.

아침에 일어나면서 하는 명상은 오늘 하루 주위 사람들을 행복하고 즐겁게 해주겠다는 마음을 다지는 출발 신호다. 저녁에 잠들기 전 하는 명상은 흥분한 뇌를 안정시키고 오늘 하루 받은 스트레스와 불편한 마음을 다독이며 내려놓는 성찰의 시간이다.

마음이 모든 것을 결정한다. 안정된 마음은 건강과 행복의 기본 조건이다. 흥분과 불안, 초조, 조급함, 분노, 우울, 공포가 깃들면 우리 몸의 세포가 상처를 입는다. 마음이 상하니 몸은 더욱 좋지 않은 영향을 받을 수밖에 없다.

파도가 심하게 치면 멀미가 나서 그간 먹은 것을 아깝게 토해내야 하고, 어지러워 정신을 차릴 수 없이 고통스럽다. 파도를 가라앉혀 담담하게 자신과 세상을 대할 때, 안정된 몸과 마음 상태를 유지할 수 있다.

'화'를 무조건 억누르는 게
정답은 아니다

인생살이가 매일 즐거운 잔칫날 같을 순 없다. 어떤 때는 계획한 일이 잘되어 성공의 기쁨을 맛보기도 하지만, 안간힘을 쓰고 최선을 다해도 원하는 만큼 얻지 못해 기분이 좋지 않을 수 있다. 그때마다 한숨과 원망을 늘어놓으며 거친 행동을 일삼으면 어떻게 될까.

불평불만도 자주 하다 보면 습관이 된다. 습관이 잘못 들면 사소한 곳에서도 크게 불만이 터져 나온다. 당하는 사람 입장에서는 억울하고 분할 만하다. 사소한 것은 바로잡아달

한의사 염용하의 내 몸을 살리는 생각 수업

라고 가볍게 말하면 될 일을, 스피커에 대고 고성을 지르듯 말해 험악한 분위기를 연출하기 때문이다.

화를 속에 담아두지 말라는 이야기를 흔히 하지만, 사소한 것에 크게 화를 내면 도리어 울화가 쌓인다. 평소 조금씩 올라오는 나쁜 생각을 그때그때 잘 다독이지 못하고 이해보다는 오해로, 너그러운 관용보다는 독한 마음으로 저장해서 그렇다. 화를 내봐야 자기 기분과 건강만 망칠 뿐이다.

이와 반대로 간혹 화를 내면 좋지 않다고 해서 무조건 화를 억누르는 사람이 있는데, 인간에 대한 깊은 사랑이 전제되지 않고 화만 다스리는 방법은 임시 미봉책이다. 자신의 삶을 사랑하고, 인간의 불완전성에 대한 보편적 인식이 마음 깊숙이 자리 잡을 때 화내는 정도가 달라진다.

남편 혹은 아내의 고충을 이해하고, 사람들의 진심을 알려고 노력할 때 진정한 인격을 수양할 수 있다. 그러면 화가 나는 상황에서도 부드러우면서 뼈 있는 한마디를 건네며 넘어갈 여유가 생긴다.

불편한 생각이 올라오는 것을 알아차려 부드럽게 조절할

줄 알면 행복의 지름길로 나아갈 수 있다. 부드러운 사람이 결국 이기는 사람이다. 《도덕경》에서는 "천하에 물보다 부드럽고 약한 것은 없지만 굳고 강한 것을 공격하는 데에는 물을 이길 수 있는 것이 없다"라고 했다.

부드러움으로 강함을 이기는 자세는 특히 부부생활과 가정생활에서 더욱더 필요하다. 가족 간에 부드럽게 지적해주면서 칭찬을 조금 곁들인다면 좋을 텐데, 짜증을 내며 성난 목소리로 비난하면 서로가 불편해진다. 가장 아껴줘야 할 사람들끼리 인상 쓰고 큰 소리를 내는 격이다.

물론 가족이 아닌 생면부지의 타인도 마찬가지다. '오늘 만나는 모든 사람이 내가 사랑하는 가족이다'라는 생각으로 상대를 부드럽게 대하는 연습을 최소한 하루에 한 번은 하자. 한 번이 두 번이 되고 두 번이 세 번이 되어 몸에 습관으로 자리 잡을 때, 몸은 가까이 있었지만 심리적으로는 멀리 있던 사람의 소중한 가치를 깨달을 수 있다. 다시 한 번 말하지만 부드러움이 강함을 이긴다.

지금 가진 것에
감사하라

컵에 반쯤 담긴 물을 보고 "컵에 물이 반밖에 없다"라고 이야
기하는 사람이 있는 반면 "컵에 물이 반이나 남았다"라고 이
야기하는 사람이 있다. 이처럼 같은 상황을 두고도 우리가 느
끼는 감정은 다르다. 똑같은 사실을 어떤 시각으로 바라보느
냐에 따라 긍정적으로 해석할 수도, 부정적으로 해석할 수도
있다.

늘 낙천적으로 사는 사람도 있고, 매사 비판적이고 염세적
으로 사는 사람도 있다. 똑같은 일을 겪어도 자신의 아픔에만

매몰되는 사람이 있고, 다른 사람들을 챙겨주며 걱정하는 데 많은 노력을 들이는 사람도 있다. 사소한 일을 겪어도 세상을 다 잃어버린 것처럼 생각하고 행동해서 주위 사람들을 힘들게 하는 사람이 있지만, 편안하게 생각하는 것이 생활화된 사람은 다르다. "뭐 그럴 수도 있죠. 좋은 일이 있겠죠"라는 희망 섞인 말로 주변 사람들의 마음까지 안심시킨다.

생각이 불편해질 때는 얼굴 근육도 그에 따라 뭔가 편치 않은 인상으로 바뀐다. 흔히 사람을 보고 "생긴 대로 산다"라고 말하는데, 그 말에도 어느 정도 들어맞는 이치가 있다고 할 수 있다. 그렇다면 내 생각을 불편하게 만드는 방해 요소를 어떻게 없앨 수 있을까? 짧다면 짧고 길다면 긴 게 인생이다. 이 순간을 편안하고 즐겁게 살기 위해 지금 내가 해야 할 것은 무엇일까?

바로 마음을 편안하게 다스리는 일이다. '일체유심'의 깊은 뜻을 몸소 체험하고 느낀 사람은 '내 주위에서 벌어지는 모든 일은 내 마음과 생각의 파장으로 빚어진다'라는 믿음을 가지고 산다. 마음을 편안하게 하는 연습을 계속하면 삶이 한

한의사 염용하의 내 몸을 살리는 생각 수업

결 수월해진다. 자신과 주위 사람들에 대한 기대치를 낮출수록 삶이 편안해지는 이치다. 자식이 건강하게 크고 자기 할 일 잘하는 것만으로도 고맙다는 생각을 하면 높은 기대로 인해 겪을지 모를 실망감과 허탈감이 없어진다. 자식을 자신의 액세서리 삼아 과시하려던 헛된 욕망도 사라진다. 직장에서도 '이 정도만 해도 됐다'라고 자신을 위로하면 실적 압박과 능력에 대한 회의가 사라지고 여유롭고 넉넉한 삶을 즐길 수 있다.

돈이 많다고 행복한 것도 아니고, 경제적으로 풍족하지 못하다고 행복을 못 느끼고 사는 것도 아니다. 평범하게 사는 사람들이 오히려 행복하고 즐겁게 산다.

지금 자신이 누리고 있고, 가지고 있고, 즐기고 있는 데 만족하고 감사하면 지혜로운 사람이다. 자기 욕심에 갇혀버리면 없는 화까지 불러와 그나마 꾸려가던 삶조차 엉망이 될 수 있다. 자신과 다른 사람에 대한 기대치와 욕구를 낮출 때 내 삶은 한결 가벼워진다. 자기 자신을 편안하게 바라보고, 스스로 즐겁게 살려고 노력할 때 행복의 문이 열린다.

과거를 내려놓아야
자유로워진다

"청산은 나를 보고 말없이 살라 하고, 창공은 나를 보고 티없이 살라 하네. 성냄도 벗어놓고 탐욕도 벗어놓고 물같이 바람같이 살다가 가라 하네."

고려 말의 나옹화상이 지은 시의 일부다. 이 시를 외울 때면 나는 잠시나마 속세를 떠난 듯 초연해지는 기분이 된다. 어쩔 수 없이 세파에 시달리고 있지만 그물에 걸리지 않는 바람처럼 자유롭게 살고 싶은 게 우리의 바람이 아닐까.

자유로운 영혼이 된다는 것은 많은 것을 포기할 줄 알고,

한의사 염용하의 내 몸을 살리는 생각 수업

마음에 벽과 저항이 없어 다른 사람의 생각을 인정하고 받아들일 수 있음을 뜻한다. 하지만 사람 사는 것이 그리 간단하지 않다. 매일 얼굴 마주 보고 사는 배우자와 가족들의 표정 하나, 말 한마디에도 그날 하루의 기분이 좌우된다. 칭찬받으면 기분이 좋아지고, 꾸중이나 지적을 받으면 왠지 서글프고 무시당한 기분이 들어 며칠씩 침울해지기도 한다. 가족 중 한 사람이라도 티를 내면서 힘들어하면 분위기가 무겁고 칙칙해져 웃을 때도 신경이 쓰인다. 특히 부모나 웃어른이 그럴 땐 더욱더 눈치를 보게 된다. 인간은 서로 영향을 주고받으며 살아가는 존재인 탓이다.

이런 특성은 비단 사람과 사람 사이에서만 적용되는 게 아니다. 한 개인의 과거와 현재도 서로 영향을 주고받으며 존재에 영향을 미친다. '오늘의 나'가 '과거의 나'로부터 자유롭지 않고, '과거의 나'는 '오늘의 나'에게 끊임없이 말을 건넨다.

사실 한 사람이 걸어온 삶의 역사를 자세히 들여다보면 무수한 곡절이 숨어 있음을 알 수 있다. 어릴 때 하고 싶지만 하지 못했던 일에 대한 아쉬움, 부모로부터 받지 못했던 사랑,

형제자매에게 느낀 열등감, 학교와 사회를 거치며 길러진 경쟁의식과 콤플렉스, 지금까지 누적되어 굳어진 자기 회의와 편견이라는 걸림돌이 머릿속 깊숙이 잠재의식으로 저장되어 있기 때문이다.

과거의 기억에 걸림 없이 자유로운 영혼이 되기는 생각보다 어렵다. 시간이 많이 흘러도 어느샌가 마음 편한 사람들과 모인 자리에서는 언제나처럼 어릴 적 이야기가 화제로 등장한다. 인간은 언제나 지나간 추억을 떠올리고 현재와 연관 지으면서 살아가는 존재다.

문제는 과거의 기억과 사고방식이 현재의 발목을 잡을 때다. 삶이 힘들 때 지금의 현실을 똑바로 바라본다는 것은 정말 어렵고 힘든 일이다. 머릿속에 저장된 과거의 아픈 기억, 불편하고 불쾌했던 생각에 걸려서 오늘의 일을 결정하는 것이 자유롭지 못하다. 어쩌면 이미 자신이 싫어하고 좋아하는 기준과 원칙이 만들어져 있으니 생각의 그물에 걸리지 않고 자유롭게 산다는 것은 불가능한 숙제일지도 모른다.

물론 그렇다고 해서 노력을 기울이지 않을 수는 없다. 걸림이 없기를 바란다면 늘 나와 다른 생각을 경청하고 관심을 기울이면서 자신이 어떤 틀에 매여 있는지 알아차려야 한다.

《도덕경》의 첫 구절에 "도를 도라고 말한다면 정상적인 도가 아니고, 이름과 명분을 붙이면 본질에서 벗어난다"라고 했다. 어떤 사람을 직책, 학력, 고향, 나이, 잠시 만났던 경험, 누군가에게 들은 이야기로 판단한다면 그의 진짜 모습을 보는데 또 하나의 걸림돌로 작용한다. 얼굴 생김새, 풍기는 분위기, 내뱉는 말투, 눈빛, 풍채, 몸짓, 대중매체에 비치는 모습에 혹하면 진짜 모습을 알아차리지 못할 수 있다.

세상에서 가장 커다란 걸림돌은 바로 자기 자신의 생각이다. 자신이 만들어놓은 생각의 틀에 갇히면 삶이 불편해진다. 마음의 평화는 언감생심 먼 나라 이야기가 된다. 시대의 흐름에 따라 세상의 평가 기준이 바뀌듯, 고정관념에 바탕을 두지 않는 유연하고도 폭넓은 시각이 필요하다. 한편으로는 늘 자기 자신을 자각해야 한다. 지금 내가 무슨 생각을 하고 있고, 왜 그런 생각을 하는지 묻고 또 물어야 한다. 혹시라도 내 원칙과 기준을 상대에게 강요해서는 안 된다. 사람은 모두 불완전하다. 우리는 신이 아니기 때문에 누구나 잘못을 저지를 수 있다. 한쪽으로 치우쳐 생각할 수도 있다. 흑과 백, 시와 비라는 이분법으로 세상을 재단한다면 잘못된 판단을 할 확률이 높다.

조금이라도 자유로운 삶을 살고 싶다면 과거의 기억 속에 단단히 틀어박혀 있는 걸림돌을 없애려 노력해야 한다. 그럴 때 우리는 나 자신과 주위 사람들을 행복하게 해줄 최소한의 준비를 갖춘 셈이다.

골목길 정리를 잘해야
삶이 편안하다

나는 가끔 부러 뒷골목의 어스름한 길을 걸을 때가 있다. 사방이 막힌 듯한 골목길에서는 쉽게 방향감각을 잃게 된다. 위로 솟은 좁은 하늘만이 지금 내가 있는 현실을 알려줄 뿐이다. 시원하게 뻥 뚫린 탄탄대로와 비교하면 골목길의 현실은 서글프기 짝이 없다. 골목길에 서 있는 사람들의 삶은 고단하다. 구불구불 앞이 막힌 듯 보여 어디로 가야 하는지, 얼마나 더 가야 하는지 짐작하기 어렵다.

한때 많은 사람들이 골목길을 전전했고 지금도 전전하고

있다. 오늘날 많은 청년들도 골목길에 서 있다. 젊은이들의 한숨과 고통은 이 시대가 해결해야 할 숙제다. 부모로부터 아무것도 받은 게 없는 흙수저들도 골목길에 있긴 마찬가지다. 지금까지 열심히 일한 죄밖에 없는데 큰길이 아니라 골목길에 있어야 하는 현실 앞에서 인생의 부조리함을 다시 생각하게 된다.

하지만 세상은 길게 보면 공평하다. 누구든 큰길과 골목길을 경험한다. 단지 시간과 순서의 차이일 뿐이다. 세상을 주름잡던 사람도 어느 순간에 어둡고 추운 골목길에 들어가 막다른 인생살이를 경험하곤 하는 모습은 뉴스를 통해서 쉽게 접할 수 있다. 그런 까닭에 매사에 헛된 욕망과 탐욕을 버리는 자기 수양이 필요한 것인지도 모른다.

《대학》에서는 8조목으로 격물, 치지, 성의, 정심, 수신, 제가, 치국, 평천하를 꼽는다. 그중에서 우리가 흔히 잘 알고 있는 '수신제가 치국평천하'는 기실 우리 삶에 매우 중요한 덕목이다. '수신'이란 인격 수양에 힘써서 사회 구성원으로 살아감에 일체 민폐를 끼치지 않고 절제하고 조심하며 삶에 허

한의사 염용하의 내 몸을 살리는 생각 수업

물을 만들지 않으려는 노력이다. 수신을 제대로 하기 위한 첫 걸음이 바로 '격물'이다.

'격물'이란 사람, 일, 물건을 대할 때 지금 이 시점에 가장 합리적인 방법이 무엇인지 궁구하는 것이다. 그다음으로는 '치지'다. 실수, 후회, 잘못, 불만족, 낭비, 판단 오류, 과잉 행동, 실천력 부족 등의 문제 없이 잘 이해하고 적절하게 했는지 점검하는 것이다. 그다음으로는 '성의'다. 자신의 마음속에서 일어나는 욕심, 이중심리, 흑심, 망상을 스스로 알아차려 잘못된 행동을 하지 않도록 확실하게 브레이크를 밟는 일이다. 수신의 바로 앞 단계로는 '정심'이 있다. 찰나의 헛된 욕망에 휩쓸리지 않고 본래 자신을 지키는 생각 자르기다. 이 네 단계를 거치면 '수신'의 디딤돌이 만들어졌다고 볼 수 있다.

몸을 닦는 '수신'은 고난에 맞서 정신과 인격을 닦음을 뜻한다. 고난의 과정에서도 스스로를 갈고닦은 사람들이 자신과 가정, 그리고 나라를 바로 세울 힘을 기르게 된다. 하늘이 누군가에게 고난을 주는 것은 그의 그릇을 키워주기 위함이라고 했다.

그러므로 비록 골목길 같은 지금의 현실이 답답할지라도 나를 단련하기 위한 수신의 과정이라 생각하면 한결 편안해질 수 있다. 자신의 한계를 깨기 위해 노력하면 언젠가 탄탄대로를 달릴 날이 분명히 올 것이다.

골목길이 곧 나를 단련시키는 하나의 과정이라는 깨달음을 얻는 순간, 현실은 한결 가벼워진다. 골목길에 처해 있다고 우울하거나 비관하지 말자. 인생에 정답은 없지만 오답은 있다. 지금 내가 쓰고 있는 답에 따라 삶의 결과가 확연히 달라질 수 있음을 명심하자.

한의사 염용하의 내 몸을 살리는 생각 수업

눈치가 빠르면
어디서든 사랑받는다

【생각의 속도】

사회생활을 하면서 만나는 사람은 각양각색이다. 눈치가 빨라서 지금 상황에서 자신이 무엇을 해야 할지 알고 재빠르게 행동하는 사람이 있는가 하면 그렇지 못한 사람도 있다. 눈치없는 사람은 일이 끝난 후에 한참 동안 설명해줘도 묻고 또물으며 그렇게까지 할 필요가 있었느냐는 식의 황당한 이야기를 늘어놓는다.

실제로 일을 하다 보면 여러 사람 앞에서 구체적인 지시나요구사항을 직접 말하는 게 분위기상 맞지 않을 때가 있다.

이럴 때 눈치 빠른 사람이 아무런 말 없이 척 해결해주면 참 고마운 마음이 든다.

눈치 빠른 사람은 뭔가 다르다. 평소 대화 상대의 눈빛과 표정은 물론 작은 손놀림까지 읽으면서 지금의 이야기에 어느 정도 공감하고 있는지 유심히 관찰한다. 그래서 특히 여럿이 모인 자리에서 불편함과 어색함을 없애는 데 중요한 역할을 한다. 상대의 조그만 행동이나 표정 하나도 소홀히 하지 않고 면밀히 관찰해 불편한 낌새를 알아차리고 어떻게 해결해줄지 고민하기 때문이다. 같이 있는 사람 중 누군가의 귀에 듣기 거북한 내용이 흘러나오는 기미가 보이면 부드럽게 흐름을 바꾸면서 당사자의 자존심이 상하지 않도록 자상하게 살핀다. 누군가 기분 나쁠 수도 있는 이야기를 계속 끌고 가려 하면 적극적으로 개입해 사태 악화를 막는다.

한편 눈치 없는 사람은 상대의 '노'라는 은근한 표현을 이해하지 못하고 자기 생각을 밀어붙인다. 상대의 마음을 읽는 능력이 둔감해 말 속에 숨겨진 뜻을 헤아리지 못하고 상대의 생각과 전혀 다른 결론을 내린다.

임진왜란이 있기 전 조선통신사로 일본에 갔던 두 신하가 같은 상황을 보고 엄청난 차이를 이끌어낼 정반대 결론을 내렸다는 점을 기억하자. 액면 그대로를 믿는 눈치 없는 사람과 말뿐 아니라 보디랭귀지와 어간에 담긴 진실한 속내까지 읽어내는 눈치 빠른 사람의 차이는 하늘과 땅 차이다.

상사와 부하직원 사이도 마찬가지다. 서로 무엇을 원하는지, 어느 방향으로 일이 처리되길 원하는지, 언제까지 업무가 완료되길 바라는지 눈치채지 못하면 눈칫밥 먹는 신세가 된다. 직장에는 말과 속내가 다른 사람이 더러 있다. 그래서 상대의 업무 스타일, 성격, 호불호를 빨리 알아차리지 않으면 스트레스를 많이 받을 수 있다.

평소 상대를 배려하는 사람의 행동 패턴과 이중성을 가진 사람의 스타일은 엄연히 다르고, 결과를 처리하는 방식도 차이가 난다. 알아서 하라는 식의 상사를 만나면 신경이 곤두서고, 어떻게 방향설정을 해야 할지 몰라 우왕좌왕할 수 있다. 자기에게 정 눈치가 없다면 주위의 눈치 빠른 선배에게 도움을 구하는 편이 좋다.

눈치 빠른 사람은 상황을 정확히 읽고 남보다 몇 걸음 빨리 움직인다. 직장에서 좋은 평가를 받고, 인사고과도 좋아서 승진이 빠르며, 재테크에 능수능란해 경제적인 여유까지 누릴 수 있다. 눈치 빠른 사람은 국내외 상황을 비롯한 업계, 회사, 민심의 동향까지 민감하게 헤아려 실생활에 미칠 영향까지 나름대로 예측하는 능력이 있는 날렵한 재주꾼이다.

간혹 너무 앞서가서 잔머리를 잘 굴리는 사람이라는 오명을 얻기도 하지만, 회장, 사장, 상사의 속마음을 잘 헤아리는 눈치는 매우 유용하다. 굳이 따로 말하지 않아도 알아서 처리하는 순발력과 매사 합리적으로 대처하는 뛰어난 감각은 누구에게나 호감을 불러일으킨다. 오늘날 고객을 상대하는 일을 하는 사람일수록 이처럼 '상대가 진정 원하는 것이 무엇인가?'를 단숨에 읽어내는 능력이 절실하다고 할 수 있다.

생각의 속도를 상황에 맞게 조절해 눈치를 키워야 하는 세상이다. 시대의 변화를 읽고 미래를 예측하는 눈치가 없으면 불편함과 뒤처짐을 감내해야 한다. 눈치 있는 사람은 어디서나 환영받는다. 앉고 설 자리를 알고 낄 때와 빠질 때를 알아 누구나 기분 좋게 해주는 눈치 있는 사람이 지혜로운 사람이다.

4장

몸은 우리에게
말을 한다

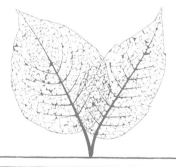

．

균형을 맞추려는 노력의 일환으로
몸에 병이 생긴다.
병이란 지금까지의 삶을 대하는 생각에
문제가 있다는 증거다.

．

몸과 함께
마음의 힘을 키워라

잘산다는 것은 과연 어떻게 사는 것일까? 여러 가지 답이 있겠지만, 내 생각엔 인생의 고비마다 합리적이고 후회 없는 판단을 내리며 좌절하지 않고 자신의 몸과 마음을 잘 관리해 지금의 평범하고 소박한 행복을 맛보고 사는 것을 말하지 않을까 싶다.

세상사가 뜻대로 되는 경우는 많지 않다. 내 생각이 온전히 전달되어 오해와 곡해가 없기를 바라지만, 상대와 시각차가 있기 때문에 항상 그러리라고 장담할 수는 없다. 똑같은 말이라도 자신이 늘 사용하는 의미와 달리 해석되고 느껴질 수 있다. 살아온 삶의 곡절이 다르기 때문이다. 그럴 땐 상대의 기분을 상하게 할 수 있는 단어를 부드럽고 따뜻한 말로 바꿀 수 있는 센스가 필요하다. 이런 것이 바로 좋은 삶을 사는 데 필요한 자기관리다. 사람의 성격과 성향에 따라 표현방식을 적절히 할 수 있는 자기관리 능력은 인간관계를 폭넓게 만들어준다.

자기관리는 일반적으로 건강과 관련해 많이 거론되기도 한다. 건강관리 능력은 행복한 삶을 사는 데 가장 필요한 것 중 하나다. 아프면 뭔가를 시도할 수 있는 용기와 자유가 줄어든다. 아무리 능력 있고 경험이 풍부하고 인간성이 좋더라도 병들면 삶이 위축되고, 행동과 섭식에 모두 제약을 받는다. 맛있는 음식도 눈앞의 그림이 되어버리고, 평소 즐겁고 친하게 지내던 사람들과 어울리는 것도 부담스러워진다. 여행이나 모임 등도 쉽지 않다.

적절한 휴식과 영양 공급, 알맞은 운동, 충분한 수면이 필요하다는 것은 누구나 아는 상식이지만 사는 것이 바쁘고 정

한의사 염용하의 내 몸을 살리는 생각 수업

신이 없으면 내 몸 하나 돌보는 것도 수월치 않다. 제때 영양 공급이 되지 않아 피부와 머리카락이 거칠어지고, 얼굴색이 누렇고 어두워지며, 위장이 상한다. 일상적으로 해왔던 간단한 동작도 버거워지기 시작한다. 오래 걷기는커녕 오래 앉아 있기도 힘들다. 그러고도 계속해서 무리하면 뇌, 심장, 간이 부담을 받고 관절이 손상되며, 피가 탁해지고 몸속에 독소와 노폐물이 쌓여 탈이 난다. 나중을 생각해서 한숨 돌리고 반박자 쉬어가는 지혜가 필요하다.

몸이란 한번 무너지면 다시 회복하기가 쉽지 않다. 예전의 건강한 상태로 되돌리기 위해서는 몇 배의 노력을 들여야 겨우 비슷한 수준에 도달하거나, 약간 불편한 정도에 머물 수 있다.

현대인의 건강에 지속적인 영향을 주는 요인으로 술을 꼽을 수 있다. 술을 먹으면 기억력이 떨어지고 집중이 안 되며 피로가 쌓여 몸이 힘들어진다. 또 장에 무리를 줘서 복통과 설사가 반복되기도 한다. 시력이 떨어져 글씨가 흐릿해 보이고, 옆구리 통증이 오고, 간수치가 올라가며, 늘 피곤해 일상적인 업무를 하는 데 부담을 느낀다. 술을 많이 먹다가 몸을 가누지 못해 여기저기 부딪히고 넘어져 다칠 때도 있고, 추운 겨울에 밖에서 잠이 들어 중풍, 안면 마비, 독감에 걸리거나 심한 경우 동사하기도 한다. 나중에는 기억력이 많이 떨어져 조금 전에 한 일도 생각나지 않는 치매 비슷한 증상도 나타난다.

자기관리 능력이 뛰어난 사람은 '내가 이렇게 술을 먹다가는 몸이 망가지겠구나!'라는 명확한 판단이 서서 '금주'라는 결단을 내린다. 그래서 '지고는 못 가도 먹고는 간다'며 하루라도 입에서 떨어뜨리지 않았던 술을 덜컥 끊기도 한다.

건강하다고 무리하면 지금은 몰라도 어느 정도 시간이 지난 뒤 스트레스를 많이 받거나 과로하거나 장시간 여행을 한 뒤 갑자기 몸이 아파져 육체적, 심리적으로 힘들어진다. 어느 누구도 건강을 장담할 수 없다. 우리가 모르는 병이 몸 안에 있을 수도 있고, 어느 날 갑자기 탈이 날 수도 있다. 몸은 늘 변화하고 있다. 피도 90일에서 120일 사이에 바뀌고, 세포조직도 짧게는 며칠에서 길게는 1~2년 사이에 새로 만들

한의사 엄용하의 내 몸을 살리는 생각 수업

어진다. 뼛속 골수도 1000일이라는 긴 시간을 거쳐 다시 채워진다.

몸의 변화를 어느 쪽으로 추구할 것인지는 오로지 자신의 선택에 달려 있다. 몸에 좋은 영양제나 음식도 과하게 먹으면 한쪽으로 치우쳐 균형을 잃는다. 변화를 끌어내기 위해서는 지금까지와는 반대로 해야 한다. 평소 운동하기 싫어했다면 일주일에 한두 번은 한 시간 이상 가볍게 걷기부터 시작하면 좋다. 고기를 입에 대기도 싫어했다면 간혹 몇 점이라도 반찬으로 먹는 것부터 시도해야 한다. 고기만 먹고 채소는 전혀 먹지 않았다면, 입에 당기는 채소부터 먹는 연습을 의식적으로 해야 한다.

지금 몸이 힘들고 아프다면 무엇을 바꿔야 하는지 곰곰이 생각해보고 과감히 결단을 내려야 한다. 백 살까지 내 발로 걷고, 내 손으로 먹고, 가고 싶은 곳에 마음껏 다닐 수 있는 건강을 유지해야 행복하고 즐거운 삶이다.

건강관리와 함께 중요한 것은 마음관리다. 마음관리를 잘하는 사람은 항상 웃는 얼굴과 편안한 눈빛과 이해심 많은 가습을 지니고 산다.

늘 좋은 일, 기쁜 일, 즐거운 일만 있으면 얼마나 좋겠는가? 그러나 살다 보면 인간관계에서 오는 스트레스와 경제적 어려움, 주위 사람들이 주는 심리적 압박감을 견디기 어려울 때가 많다. 자기 자신도 못마땅하고, 원하는 일이 잘되지 않아 절망감도 찾아온다. 평소 세상살이 아무것도 아니라고, 욕심낸다고 안 될 일이 되지는 않는다고 마음먹고 살아왔지만, 막상 힘든 일 앞에서 주저앉지 않는 사람은 몇 없다.

어려울 때를 대비해 마음의 힘을 키우려는 노력을 해두지 않으면 회오리바람 앞에 정신을 잃을 수 있다. 끊임없는 자기성찰을 통해 매사 겸손하고 감사하게 받아들이는 내공을 키워야 행복한 마음으로 살 수 있다. 틈이 나는 대로 좋은 책을 읽고 세상과 사람에 대한 따뜻한 감사와 사랑을 되새기며, 누구에게나 배우겠다는 열린 마음을 가지고 소박한 기쁨을 누리며 사는 것이 좋다.

골수에 박힌 잘못된 생각과 성격을 빼내면 삶이 행복해진다. 잘못된 습관, 주위 사람을 힘들고 불편하게 만드는 외골

수 기질, 뭐든지 소홀하게 넘기려는 가벼움, 게을러서 손 하나 꼼짝하기 싫어하는 나태함, 자기가 아니면 안 된다는 과도한 의무감에 무리하는 성격도 바꾸어야 할 대상이다.

마음관리를 잘한 사람은 대개 주위에 사람이 많다. 누구나 자신을 편하고 따뜻하게 대해주는 사람을 좋아하고 찾게 되기 때문이다. 외롭고 쓸쓸하지 않은 삶은 좋은 사람들이 곁에 머물며 언제나 함께하는 삶이다. 소주 한 잔, 막걸리 한 사발과 김치전 하나로도 마음을 나눌 수 있는 친구가 있을 때 무의미한 것 같은 삶의 무게가 훨씬 가볍게 느껴진다.

자기관리란 결국 자기 자신을 잘 이해하고 절제와 겸손과 중용의 미덕을 몸과 마음에 익히는 것이다.

생각이 탁해지면
몸도 망가진다

【생각의 순도】

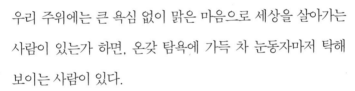

우리 주위에는 큰 욕심 없이 맑은 마음으로 세상을 살아가는 사람이 있는가 하면, 온갖 탐욕에 가득 차 눈동자마저 탁해 보이는 사람이 있다.

탐욕에 찌든 사람이 부질없는 욕심에 매달려 남을 괴롭히며 밟고 올라가려고 안간힘을 쓰는 모습을 보면 안쓰럽다는 생각이 든다. 그 자리가 뭐라고 착하게 일 잘하는 사람을 모함하고, 하지도 않은 말과 행동을 직접 듣고 본 것처럼 꾸미고 각색해 퍼뜨린다. 온갖 야비한 술수를 다 써서 목적을 달성하려고 하는 가상한 노력에는 오히려 입이 벌어질 정도다. 웬만해서는 타고난 소인배를 당해낼 재간이 없다.

탁한 사람은 한순간에 판단을 흐리게 만들어 몸의 맑음을 무너뜨린다. 천재적 잔머리는 어느 누구도 감히 따를 자가 없다. 욕심이 끝이 없어 베푸는 데 인색하며, 대접받고 자신을 내세우는 일에만 열심이다. 공사가 불분명해 사적 편의를 위해 공공의 재산과 인적 자원을 자기 것처럼 함부로 유용한다.

탁한 사람을 가까이하면 언젠가는 뒤통수를 맞는다. 자기가 잘못한 일을 만만하게 보이는 사람에게 덮어씌우고, 책임 회피를 밥 먹듯이 하며, 모르쇠로 일관한다. 일은 다른 사람이 했는데 공은 자기 것으로 돌리는 정치력은 탄성을 자아낼 정도다. 마음이 여리고 순수하며 착실한 사람일수록 탁한 사람의 먹잇감이 되기 쉽다.

그러나 생각이 탁해지면 가장 큰 손해를 보는 사람은 바로 자기 자신이다. 과욕, 과식, 과음, 게으름이 늘면 혈액, 체액, 대변, 소변이 더러워진다. 얼굴에 기름기가 끼여 번들거리며 성욕이 과다해 몸이 상한다. 몸이 무겁고 제대로 혈액순환이 안 되는 느낌이 든다. 판단력과 암기력이 떨어지고 집중하기도 어렵다. 악몽을 자주 꿔서 숙면을 취하기 어렵고 낮에도 졸리기 일쑤다. 방귀 냄새도 독해진다. 화장실을 쓰고 나면 한두 시간 동안 다른 사람이 쓰기 곤란할 정도로 냄새가 역하다. 피가 탁해 자주 쥐가 나서 잠을 깨는 경우도 많아진다.

문제는 그것 말고도 많다. 주위를 둘러싼 대부분의 관계가 이익을 바탕으로 맺어져 있으니, 정말 어려운 일을 당하면 진심으로 아끼고 도와줄 사람이 없다. 그렇게 욕심을 내며 살아왔어도 끝이 좋지 않은 것이다. 허황된 욕심은 버리고 생각을 맑게 하고 살아야 해피엔딩을 맛볼 수 있음을 명심해야 한다.

물론 자기 혼자만 맑게 살려고 하면 안 된다. '물이 너무 맑으면 물고기가 살지 못한다'라는 이야기가 있다. 〈어부사〉를 보면 초나라의 대부를 지낸 굴원이 간신들에게 미움을 받고 쫓겨나 강가를 거니는데 어부가 그를 알아보고 묻는 장면이 나온다.

"그렇게 잘나가던 어르신이 왜 이렇게 초라하게 되었습니까?"

한의사 엄용하의 내 몸을 살리는 생각 수업

어부가 묻자 굴원이 대구한다.

"세상이 모두 혼탁하고 취해 있으니, 혼자 청렴결백하고 생각이 깨어 있어서는 버틸 재간이 없소이다. 이렇게 맑고 깨끗한 사람이 어찌 더럽고 치사한 것을 참으면서 보고만 있을 수 있겠습니까? 세상의 더러운 먼지를 뒤집어쓰느니 박차고 나오는 게 옳지 않겠습니까?"

그러자 어부가 굴원을 보며 웃는다.

"물이 맑으면 갓을 씻으면 되고 물이 탁하면 발을 씻으면 좋지 않겠습니까?"

그렇다. 물건이든 사람이든 탁한 것을 가까이해서 좋을 것은 없다. 그러므로 되도록이면 가까이하지 않는 것이 최상이지만, 살다 보면 어쩔 수 없이 같이하고 싶지 않아도 함께 어울려야 하는 경우가 많다. 그럴 땐 어부의 충고를 떠올릴 필요가 있다. 탁한 사람과 어울려도 마음속만큼은 맑은 순도를 유지하려 노력하고, 맑은 사람과 같이하면 그를 보고 내 마음속에 있는 탁한 생각을 솎아내려 노력하면 그것으로 충분하다.

봄은 겨울을 지나고 온다

요즘 들어 겨울마다 유례없는 강추위가 자주 몰려온다. 평소 추위를 많이 느끼는 사람들에게는 달갑지 않겠지만, 자연의 흐름은 어느 누구도 거역할 수 없다. 자기 몸을 지혜롭게 관리해 겨울을 나는 자세가 중요하다.

몸이 약하고 냉한 체질, 심장 기능이 좋지 않은 사람은 겨울이 힘들다. 만약 임산부라면 겨울에 특히 조심해야 한다. 산후 조리 기간에 추위에 노출되면 산후풍이 생겨 손가락, 팔, 다리가 시린 증상이 오랫동안 계속되어 불편하다.

한의사 염용하의 내 몸을 살리는 생각 수업

원래 추위를 많이 느끼는 사람은 추위에 떨면 편도가 붓고 열이 난다. 알레르기 비염이 심해져 코가 막히며 콧물이 흘러 불편하다. 또 혈관이 수축해 두통, 뒷목 당김, 어깨 결림 등의 담 결림, 허리와 무릎 통증, 관절 쑤심, 수족냉증, 저림 등이 나타난다. 심장이 약한 사람은 갑작스러운 가슴 조임과 통증, 호흡 곤란, 잦은 감기, 동상, 한랭 알레르기로 인한 손발 가려움 등이 생긴다.

대개 추위를 덜 느끼는 사람들이 운동도 부지런히 한다. 하지만 이른 새벽부터 운동을 즐기다가 갑자기 쓰러지는 경우가 간혹 있으니 조심해야 한다. 추위는 혈관 활동을 위축시키고, 적혈구와 독소, 지방 등을 엉키게 해 혈액의 전달 속도를 떨어뜨린다. 근육이 빨리 뭉치며 심장에 부담을 주고, 복부의 내장 온도를 떨어뜨려 소화, 흡수, 에너지 생산, 독소 배출, 지방 분해에 부담을 준다. 날씨가 추우면 수도관이 갑작스레 동파되듯이 뇌혈관이 터져 중풍에 걸리기도 한다. 간혹 안면근육이 마비되는 와사풍이 오기도 한다.

체온이 떨어지면 면역력도 떨어진다. 그로 인해 기관지염,

폐렴, 인후염, 편도선염, 비염, 장염이 쉽게 찾아온다. 체온을 높이기 위해서는 물 마시는 양을 줄여야 한다. 물이 많이 들어갈수록 열량이 더 소모된다. 따뜻한 물이나 따뜻한 차가 일정 시간이 지나면 차가워지듯이 몸에 들어간 물도 마찬가지로 차가워진다. 특히 동상 때문에 고생한 사람은 더욱더 물 섭취를 줄여야 한다. 목이 마를 때만 갈증이 없어지는 정도로 따뜻한 물을 조금씩 마시는 게 좋다. 보온에 신경 쓰지 않으면 체력 소모가 많아져 쉽게 피곤해지고, 근육 결림과 순환 장애가 생겨 몸이 개운치 않다. 여성들은 없던 생리통이 생겨 고생할 수 있다. 생리혈이 검고 덩어리가 많이 생기며, 잦은 설사와 구토, 두통, 아랫배 통증이 생긴다.

그럴 땐 몸에 열을 높여주는 생강, 계피, 마늘, 양파, 고추, 닭, 계란, 양고기, 염소고기, 옻, 오가피, 인삼, 추어탕, 곰국, 삼계탕 등을 자주 섭취하면 좋다. 생강은 동전 크기로 잘 잘라서 마르지 않게 보관해 차로 끓여 먹는다. 마른 생강은 위장이 열을 내게 도와주므로 속에 열이 많고 피부가 냉한 체질에는 좋지 않다. 신경을 많이 쓰고 야윈 사람들은 생강차를 많이 마시면 속쓰림이 올 수 있으므로 대추나 구기자를 곁들여서 마시는 것이 좋다.

이처럼 마시는 물부터, 입는 옷, 생활공간, 잠자리까지 따뜻하게 하는 것이 추위를 이겨나가는 기본이다.

겨울은 '봉장지절'이라고도 한다. 문을 걸어 닫고 갈무리한 것을 저장하는 계절이란 뜻이다. 즉 겨울은 외부보다는 내면을 돌아보고, 불편하고 거추장스러웠던 것들을 정리해 오로지 핵심만 씨앗에 담는 압축과 자기 정화에 힘쓰는 시간이다. 또《주역》에서는 '석과불식'이라고 했다. 씨종자를 잘 보존해 인생의 봄이 다시 돌아왔을 때 새로운 삶을 일구기 위해 참고 기다리라는 뜻이다.

살다 보면 누구나 봄, 여름, 가을, 겨울의 사계절을 겪는다. 겨울의 추위가 있기에 봄이 더욱더 값지고 고맙게 느껴지는 법이다. 언제까지나 봄만 계속되는 사람은 없다. 추울수록 마음에 희망과 온기를 지니고 따뜻한 봄날을 기약하는 지혜가 필요하다.

일상의 불안을 이겨내라

편하게 다니던 직장이 세계 경기 침체와 투자 실패로 인해 하루아침에 구조조정 이야기가 나도는 급박한 상황에 놓인다면 어떨까? 세계 곳곳에서 돌발하는 지진, 화산 폭발, 폭염, 혹한과 무역전쟁……. 시대는 빠르게 변화하고, 무엇이 얼마나 또 어떻게 바뀔지 모르는 현실에서 어떻게 살아가야 할지 고민이 들 때가 있다.

혹은 어제까지 건강했던 몸이 갑자기 아프고 힘들어진다면 어떨까? 그간 별문제 없던 몸이 갑자기 병이 났을 때는 누구나 당황하게 된다. 안 나으면 어쩌지 하는 걱정과 함께 혹시 이게 큰 병이 아닐까 하는 불안감이 깃든다. 몸이 건강해야 어떤 일이든 할 수 있는데, 갑작스러운 수술 후 회복되지 않는 컨디션은 살아야 할 날이 많은 우리에게 근심과 걱정을 가져다준다.

오늘의 건강이 내일의 건강으로 이어지기 위해서는 각고의 자기관리 노력이 필요하다. 적절한 영양섭취와 휴식, 운동을 통해 밝은 마음과 자신감을 길러야 한다. 자신을 믿고 여유롭고 넉넉한 마음으로 사람을 대할 때 몸과 마음을 무너뜨리려고 호시탐탐 기회를 노리는 어둡고 불안한 그림자가 스며들지 못한다.

살아가면서 장담할 수 있는 것은 아무것도 없다. 익숙한 것으로부터 벗어난 세계는 자신이 어디에 강하고 어디에 약한지 알 수 있는 기회다. 아무런 고민 없이 살아왔던 환경과 정반대의 상황은 어렴풋이 알아왔던 모든 것을 새롭게 점검하는 기회가 될 수 있다. 마찬가지로 불안감은 단단한 성장 기반을 만드는 기초다.

알 수 없는 미래에 대한 막연한 불안감은 어느 누구나 가지고 있다. 그런데 이런 불안감 때문에 앞으로 한 발자국도 나아가지 못하는 게 문제다. 어떻게 하면 나를 바꿀 수 있을까? 5년 후, 10년 후, 20년 후, 30년 후에도 지금의 상태를 유지할 수 있을까? 건강하게 마음대로 움직일 수 있을까? 치매 없이 맑은 정신을 유지할 수 있을까?

처음부터 완벽하게 잘하는 사람은 거의 없다. 익숙해질 때까지 노력하면 잘할 수 있다는 마음으로 편안하게 시도하면 불안감이 훨씬 덜하다. 자신의 능력껏 최선을 다하면 어느 날 편하게 웃고 있는 모습을 발견하고 대견스러워할지도 모른다.

미래를 대비하면서 많은 일을 차근차근 준비하는 사람은 행복을 느낄 가능성이 높다. 불안감만 키우고 아무런 대비를 하지 않고 시간을 보내면 삶이 지치기 마련이다. 어느 누구도 미래의 삶을 보장해주지 않는다. 내 삶을 편안하고 행복하게 하기 위해서 지금 당장 무엇을 해야 할까?

폐암을 걱정하면서 매일 한 갑씩 담배를 피우고 있는 사람, 간암에 걸릴까 노심초사하면서도 늘 고주망태가 되도록 술을 마시는 사람, 근력과 기력 저하를 느끼면서도 운동과 담 쌓고 있는 사람이 많다. 건강에 대한 불안감이 생기면 무엇 때문에 그런 생각이 드는지, 어떻게 하면 그런 불안감을 없앨 수 있는지 원인을 파악해서 행동으로 옮겨야 한다.

몸도 건강해야 하지만 마음의 건강도 중요하다. 마음이 흔들리면 육체는 순식간에 무너진다. 마음의 불안감을 없애기 위해서 어둡고 불편한 생각을 밝고 좋은 생각으로 바꾸는 연습을 꾸준히 해야 한다. 삶에 도움이 되는 좋은 책을 가까이 해서 마음의 무게 중심이 흔들리지 않도록 꼭 붙들어야 한다. 평상심을 유지할 때 불안감은 저 멀리 사라질 것이다.

건강의 기본은
호흡이다

생명을 유지하는 데 가장 기본이 되는 것은 호흡과 음식 섭취다. 특히 호흡은 우리가 살아 있는 한 한순간도 쉬지 않고 계속된다.

'숨쉬기도 운동이냐'라는 우스갯소리도 있지만, 실제로 호흡을 제대로 해서 건강을 지키려는 사람도 많다. 그래서 전문적인 호흡법을 배우러 다니기도 한다. 대개 호흡할 때 생각을 코끝, 눈썹 사이, 아랫배, 허리 등에 집중해 일상에 부대끼며 지친 마음을 고요히 쉬게 하는 식이다. 때로는 숨을 얼마

한의사 염용하의 내 몸을 살리는 생각 수업

나 오래 참는지가 수련의 높낮이를 말해준다고 생각해 억지로 호흡을 막아 심장과 폐에 무리를 주는 사람들도 있다.

호흡은 자연스럽게 들이마시고 내쉬는 것이 기본이다. 산소를 받아들이고 이산화탄소를 내뱉는 호흡은 우리 몸의 신진대사에 매우 중요하다. 들이마시는 들숨은 괜찮은데 날숨이 잘되지 않으면 심장과 폐가 약해져 있다는 증거다. 날숨은 잘되는데 들숨이 편치 않다면 간과 신장이 약해진 것이다. 몸속의 독과 탁한 공기, 가스, 열기를 몸 밖으로 배출하는 날숨이 제대로 되지 않으면 가슴이 답답하고, 머리가 멍하니 집중이 되지 않으며, 몸이 무겁고 개운치 않다. 몸속에 신선한 산소를 공급해 세포 곳곳에 생명력을 불어넣으며 활력 있는 몸으로 만들어주는 들숨이 잘되지 않으면 피로가 자주 오고, 피부와 눈이 건조해지며, 노화가 빠르게 진행된다.

때에 따라 호흡의 길이는 다르다. 흥분할 때는 호흡이 거칠어져서 옆에 있는 사람에게까지 들릴 정도가 되고, 일이 힘들어 지칠 때도 숨이 가빠진다. 언덕에 오를 때도 숨을 헐떡거리게 된다. 혹은 천식, 폐 기능 이상, 심장 이상 등으로 인해 조금만 빨리 걸어도 숨이 가빠 힘든 사람도 있다.

요즘은 미세먼지가 많아 숨쉬기가 곤란한 경우도 흔하다. 환경이 오염될수록 맑은 공기의 양이 적어지니 쉽게 숨이 막히는 것이다. 공기 좋은 곳에 살다가 간혹 대도시의 지하철을 타면 숨쉬기가 불편해서 식은땀을 흘리는 사람도 있다.

건강한 몸은 호흡을 한다는 의식 없이 편하게 지내지만 스트레스를 많이 받아 울화가 쌓이거나 과로를 하거나, 화학물질이 많은 곳에서 장시간 근무하면 폐기능이 약해져 호흡이 불편해진다.

아무리 바빠도 자기 전 10분 정도만 호흡을 가다듬고 오늘 하루 자신을 위해 고생한 몸을 편안하게 가라 앉혀주면 긴장한 뇌신경, 무리한 심장, 굳어진 근육이 정상으로 돌아온다. 책상다리를 하든, 의자나 방석에 앉든, 아예 드러눕든 가장 기분 좋고 편안한 자세에서 코로 숨을 들이쉬면서 배를 약간만 내밀고, 다시 코로 내쉬면서 배를 가볍게 집어넣는다는 마음으로 호흡하면 된다. 들이쉬고 내쉬는 숨을 관찰해 빠른지, 느린지, 가슴까지만 가는지, 억지로 아랫배까지 가게 하는지,

짧은지 긴지를 알아차리는 연습을 하면 좋다. 호흡이 얕은 사람은 코와 입으로 숨을 쉬고, 울화가 있는 경우 가슴속에서 호흡이 걸리는 느낌이 있으며, 건강한 사람은 아랫배에 있는 단전으로 호흡을 한다.

내쉬는 숨에 집중해 매일의 컨디션 변화에 따라 호흡이 어떻게 바뀌는지 살펴보면 건강을 체크하는 데 도움이 된다. 스트레스가 많은 날에는 내쉬는 숨을 강하게 해야 가슴이 후련해진다.

호흡의 질을 높이기 위해서는 숲을 자주 찾는 것이 좋다. 숲에서 마음에 맞는 사람과 오순도순 이야기하고 정을 나누면 누구나 행복하고 건강해진다. 언제나 자연이 최고의 해답이다.

지금 건강하지 못하다면
반대로 시도하라

현재의 상황이 자기 생각과 달리 진행되고 있다면 마음이 복잡해진다. 세상과 사람을 보는 생각의 높이, 넓이, 깊이, 틀, 밀도, 온도, 습도, 속도에 있어서 오차범위를 벗어난 정반대의 결과가 나타나면 삶에 지대한 영향을 미친다. 인간은 대개 자기가 유리한 쪽으로 보려고 하고, 잘되는 쪽으로 생각하려 든다. 그래서 보고 싶은 부분만 확대 해석하며 헛된 꿈을 꾸며 살아간다. 리스크와 결점은 보지 않거나 대수롭지 않게 치부하는 경향이 많다.

한의사 염용하의 내 몸을 살리는 생각 수업

잘될 때를 그리며 진취적이고 희망적으로 나아가는 것도 물론 좋다. 그러나 리스크와 결점이 생각보다 크게 작용해 실패의 늪에 빠지는 경우의 수도 염두에 두어야 한다. '만약'의 경우를 대비해 현명한 처신을 하는 사람은 명망과 재산을 잃을 위험이 적다.

리스크 관리를 제대로 하지 않으면 지금 누리고 있는 영화와 명예, 지위, 재산도 한순간에 무너질 수 있다. 복 속에 화가 숨어 있다는 옛말이 있지 않은가.

자신이 가진 복을 가볍게 여기고 뻣뻣하게 고개를 치켜들며 사람들을 함부로 대하기 시작하면 여기저기 적들이 많이 생긴다. 가장 가까운 사람부터 동지에서 적으로 변해 그동안 긴밀히 공유했던 많은 정보가 자신을 망가뜨리는 수류탄과 폭탄으로 작용하게 된다.

복 있는 삶은 어떤 삶일까. 무엇보다 일상생활에서 큰 고민과 애로사항 없이 마음이 평화롭고 행복한 삶이다. 돈복, 사람복, 자식복, 남편복, 아내복, 부모복…… 모두 중요하다. 하지만 그런 복을 지키려면 중요한 것이 바로 내 생각이다. 큰 복을 가진 사람은 지혜로워서 앉을 자리, 설 자리, 나올 자리, 멀리할 자리를 잘 알아 처세하고, 세상의 이치를 꿰뚫어 보통 사람보다 한 걸음 앞서 행동한다.

있는 복도 아껴 써야 오래 간다. 인품이 뛰어난 사람이 머무는 자리에는 그윽한 향기가 풍긴다. 덕을 베풀 줄 알고 남을 존중하는 사람은 오복을 누린다. 하지만 지나치게 인색하면 잘되던 일도 꼬이기 시작한다. 베푸는 마음이 적으니 복을 담는 그릇에 울퉁불퉁한 흠결이 생기는 것이다. 복을 짓지 않으면 자기 것이라고 여긴 재물도 시간이 흐르면서 달아나버린다.

인색하기만 하면 사람이 곁에 붙어 있지 않는다. 베풀고 챙겨주는 마음이 없으니 타인의 마음을 얻을 수도 없다. "죽으면 주머니도 없는 수의 한 벌만 입고 떠날 것인데, 천년만년 살 것 같이 그렇게 모질고 인색하게 굴었네"라는 사람들의 입방아만 계속될 뿐이다.

지금의 손해가 나중의 이익이 되고 지금의 이익이 나중에 손해가 되어 돌아오기도 한다. 권세와 재물과 지위의 힘을 믿

한의사 염용하의 내 몸을 살리는 생각 수업

고 방자하게 구는 자는 반드시 망한다. 사람을 후덕하게 대하고 다른 사람의 어려움과 애로사항을 경청하며 도와주는 사람은 반드시 잘된다. 사람들에게 늘 잘해주는 사람은 지금은 손해 보는 것 같지만 자신의 수고가 미래에 큰 이익으로 돌아온다는 사실을 안다. 할아버지와 할머니께서 좋은 일을 한 음덕이 손주에게 밑거름이 된다는 옛 어른의 말씀은 틀림없는 진리다.

생각 하나에 성공과 실패가 달려 있으니, 생각을 다스리고 다듬는 연습을 게을리해서는 안 된다. 부부간에도 자신이 좀 손해 보고 살겠다고 생각하고 행동하면 행복하게 살 수 있다. 거듭 말하지만 손해 속에 이익이 담겨 있고, 이익 속에 손해가 담겨 있다. 가까운 사이일수록 손해 본다는 생각으로 상대를 배려하면 행복이라는 더 큰 이익을 얻을 수 있다.

지금 삶이 행복하지 못하면 생각을 반대로 해보자. 여태까지의 방식을 익숙하지 않고 즐겨 하지 않은 방식으로 180도 바꾸면 정반대의 결과가 나온다. 만약 건강하지 않다면 지금과 반대로 생활해야 한다. 운동을 열심히 하는데도 아프다면 지금 내가 하고 있는 운동의 종류가 나의 체질과 체력에 맞는지, 혹시 운동량이 과하지 않는지 체크해봐야 한다. 채식만 했다면 육식으로, 육식만 했다면 채식 위주로, 식사를 하루한 끼만 했다면 세 끼로, 세 끼 모두 과식했다면 한두 끼로 소식한다면 건강해질 것이다. 익숙함과의 결별은 전혀 다른 세상을 선사한다.

내 생각만큼 결과가 좋지 않으면 행동을 바꿔야 한다. 수면 시간이 많았다면 평소보다 줄여서 남은 시간을 운동으로 할애하고, 수면 시간이 적어 피곤했다면 11시 전에 잠자리에 드는 습관을 길러 체력을 회복해야 한다. 만약 기운이 부족한 사람이 체력을 기른다고 하루 3시간씩 운동한다면 몸을 혹사해 피로가 심해지고 어지럽고 집중이 잘 안 되며 하루 종일 잠만 올 것이다.

인간관계에도 마찬가지 이치를 적용할 수 있다. 사람들과의 관계가 매끄럽지 않다고 느껴지면 먼저 인사하고 안부를 묻는 노력이 필요하다. 인간관계가 번잡해 시간에 쫓기는 삶을 산다면 만남의 횟수를 줄이고 자신에게 시간을 투자해야

한의사 염용하의 내 몸을 살리는 생각 수업

허전함이 없어진다. 상식과 지식이 모자란다는 생각이 들면 게임시간을 줄이고 독서시간을 늘려야 한다. 술을 과음해 구토, 설사, 두통, 식욕부진이 며칠 계속된다면 절제해야 한다.

생각을 바꿔야 삶이 가벼워진다. 자신을 드러내려는 과시욕이 많이 생기면 충족되지 못한 자존감을 살펴야 한다. 똑같은 일로 계속 싸운다면 상대를 설득하는 방법을 바꿔야 효과적이다. 상대의 자기자랑 속에 감춰진 콤플렉스를 읽고 맞장구칠 줄 아는 눈치가 있어야 인간관계가 좋아진다. 눈에 보이는 외모, 눈빛, 습관, 행동 속에 숨겨진 생각의 흔적을 읽을 줄 알면 보이는 것이 전부가 아님을 알 수 있다.

물론 지금까지 살아온 삶의 결과가 좋아도 자신이 모르는 리스크가 잠재되어 있을 수 있다. 전혀 속이 불편하지 않았는데, 건강검진에서 위암으로 판정날 수도 있다. 괜찮고 좋다는 것은 내 생각일 뿐이지, 정확한 판단이 아닐 수 있다. 여태까지 건강하다고 자부하고 살아왔지만, 정밀검사를 해보면 예기치 못한 진단을 받을 수도 있다.

우리는 단지 모를 뿐이다. 지금의 상태가 계속 유지될 수도 있지만, 그러지 않을 수도 있다. 생각이 어느 한쪽으로 치우쳐 편견과 편애에 사로잡히면 미래의 어느 시점에는 몸에 병이 생긴다.

균형을 맞추려는 노력의 일환으로 몸에 병이 생긴다. 병이란 지금까지의 삶을 대하는 생각에 문제가 있다는 증거다. 그생각이 행동을 제약하며 습관으로 일상화된 것이다. 치우친 생각은 삶에 플러스이자 마이너스이기도 하다. 플러스도 지나치면 부작용이 있고, 마이너스도 계속되면 좋지 않다. 생활 습관이 어느 쪽으로 기울어져 있는지 확인하고 점검해 생각을 바꾸지 않으면, 어느 날 갑자기 몸의 급격한 변화를 경험하게 된다.

억지로 바꿀 수밖에 없는 상황이 오기 전에 스스로 생각과 행동을 변화시키면 삶의 행복은 지켜질 것이다. 지금 건강하지 못하고 행복하지 않다면 시간이 더 흐르기 전에 생각을 바꿔야 한다. 자신과 다른 입장에 시서 충고해주는 사람들의 말에 고마워할 줄 알아야 한다. 머리가 굳어지고 몸이 굳어지기 전에 반대로 생각하려고 노력하자.

한의사 염용하의 내 몸을 살리는 생각 수업

어떤 음식이
내 생각 체질과 맞을까

생각의 습도가 높아 집착이 많은 사람은 맑은 음식, 향이 강하고 표면이 거친 음식이 좋다. 예를 들어 잎채소, 옥수수, 가물치, 천혜향, 한라봉 등이 좋고, 닭, 오리, 치즈, 버터, 개불, 해삼은 좋지 않다.

생각의 습도가 낮아 무미건조한 사람은 농도가 진한 음식이 좋다. 고구마, 감자, 오이, 토마토, 바나나, 밤, 잣, 마, 다슬기, 전복, 낙지, 소라, 주꾸미, 달팽이, 우럭, 고등어, 연어, 청어, 정어리, 치즈, 버터, 들깨, 참깨, 아보카도, 오디가 여기에 해당한다.

눈치가 너무 빠른 사람은 신 음식과 단 음식으로 속도를 완화하는 것이 필요하다. 코코아, 초콜릿, 생선회(바닥에 붙은 어류: 도다리, 가자미, 광어, 돌돔), 가오리, 홍어, 해물(개불, 멍게, 굴, 해삼, 오징어, 문어, 해파리)이 좋다. 육류 중에는 소고기, 돼지고기가 맞다.

눈치가 너무 없는 사람은 매운 음식으로 속도를 올릴 필요가 있다. 육고기 중에는 닭, 양, 칠면조, 오리가 좋다. 어류 중에는 움직임이 활발한 복어, 참돔, 감성돔, 볼락, 장어, 미꾸라지, 숭어, 밀치, 방어, 갈치, 전어, 꽁치, 게, 가재, 송어, 은어, 참치가 좋다.

생각의 깊이가 너무 깊어 표현이 거의 없는 사람은 맵고 단 음식으로 생각을 가볍게 흩어버려야 좋다. 참기름, 들기름, 낫토, 콩자반, 찹쌀, 치즈, 버터 등 기름지고 끈적거리는 음식은 좋지 않다.

생각이 얕은 사람은 신 음식으로 생각의 깊이를 더해줘야 한다. 묵직한 음식인 도토리묵, 두부, 육고기가 좋다. 생선 중

한의사 염용하의 내 몸을 살리는 생각 수업

에는 수심 깊은 곳에 붙어 있는 도다리, 광어, 가자미, 서대가 좋다. 해산물 중에는 문어, 낙지, 전복, 소라, 조개류가 좋다.

안목이 너무 높아 세상 사람들과 어울리지 못하는 사람은 석류같이 신 음식을 자주 섭취해서 생각을 축소하도록 한다. 또한 기운을 아래로 내리는 짠 음식도 좋다. 그 밖에 성게, 해삼 알, 우엉, 국화, 뽕잎, 두릅, 아스파라거스도 체질에 맞다.

생각의 높이가 낮아 멀리 보지 못하는 사람은 맵고 단 음식으로 에너지 레벨을 높인다. 포도가 좋고, 뿌리채소보다는 잎이나 줄기채소가 좋다. 홍시, 단감, 참기름, 들기름은 엉키는 성질이 있어 좋지 않다.

너무 엉성해 빈틈이 많은 사람은 곰국, 장어같이 걸쭉한 음식이 적당하다. 맑은국보다는 건더기가 많은 우거짓국, 해장국이 좋다. 고사리, 미나리, 참깨, 찹쌀, 콩, 밀, 오미자, 작약, 레몬, 오렌지, 귤, 매실, 산수유, 앵두, 옥수수, 아몬드, 땅콩, 호두도 좋다.

생각의 밀도가 너무 촘촘한 사람은 뻑뻑한 음식보다는 맑은 음식이 좋다. 콩비지, 청국장보다는 콩나물국, 생선지리,

생선매운탕이 더 어울린다. 또한 마늘, 양파, 고추, 고추냉이 등의 매운 음식으로 밀도를 줄이고, 곰취같이 향이 나는 채소로 생각을 흩는 것도 좋다. 한라봉, 천혜향, 팥, 녹두, 솔잎차, 재스민차, 녹차도 체질에 맞는 음식이다.

유연성이 뛰어난 사람은 쓴맛이 나는 음식을 많이 먹어서 현실감을 유지해야 한다. 섬유질이 많아 질긴 미나리, 고사리, 고구마줄기, 아스파라거스, 단감, 수수, 고들빼기가 좋다.

생각의 융통성이 없는 사람은 꿀, 설탕, 물엿 등 단맛이 나는 음식으로 유연함을 키운다. 배추나 무에 소금 간을 해서 뻣뻣한 기세를 죽이고 부드럽게 만들 듯이, 단맛을 즐겨 먹어서 융통성을 늘리는 것이다. 채소 중에서는 부드러운 잎채소가 좋고, 대추, 유자, 버섯류, 미역, 다시마, 칡도 괜찮은 재료다.

생각의 순도가 너무 맑은 사람은 흑임자죽, 들깨 등 진한 음식이 좋다. 너무 탁한 사람은 맑은 음식과 차를 마시는 것이 좋다. 국화, 녹차, 황차, 보이차, 숙주나물, 케일, 갈치, 대구, 명태, 농어, 은어, 조개류(재첩, 홍합, 백합), 냉이, 갓김치,

고추냉이가 여기에 해당한다.

　생각이 밝은 사람들은 세상의 어두움을 모르고 가볍게 넘기려는 경향이 강하므로 노란색과 검은색 음식을 섭취하는 것이 좋다. 반면에 생각이 어두운 사람은 청색, 붉은색, 흰색 음식이 좋다.

　생각의 온도가 높아 열이 많은 사람은 결명자, 어성초, 민들레, 오리, 돼지, 달걀흰자, 메추리알, 메밀, 다슬기, 우유, 망고, 수박, 참외, 국화, 알로에, 상황버섯 같은 찬 음식이 어울리며, 냉정한 사람은 생강, 계피, 고추, 마늘, 양파, 추어탕, 쑥, 닭, 양, 염소, 달걀노른자, 부추, 산초, 옻, 오가피 같은 따뜻한 음식이 어울린다.

사람마다 어울리는
술이 있다

기쁘고 축하할 일이 있을 때 멋진 건배사를 곁들인 술 한 잔은 모두에게 행복한 기분을 선사한다. 힘들고 외로울 때 마음을 위로해주는 순기능도 있다. 하지만 과음은 늘 경계해야 한다.

겨울에 추위를 많이 타는 사람은 술을 마시면 특히 좋다. 손이 시리고 발이 차가워 숙면이 안 될 때 술을 마시면 체온이 올라가고 심장 기능이 좋아지며, 혈액 순환이 잘된다. 겨울을 제외한 다른 계절에도 평소보다 기온이 약간 내려가면

알레르기 비염이 생겨 콧물, 코 막힘, 재채기로 힘들어하는 사람이 있다. 이 경우에도 적당한 음주가 체온과 면역력을 높여준다. 여름에도 에어컨 바람이 있으면 오싹한 한기를 느끼고, 배를 덮지 않고 자면 복통과 설사로 고생하는 사람에게도 적당한 술은 약이 된다.

늘 우울하고 마음에 고민이 많아 얕은 잠을 자고, 자다가도 여러 번 깨는 사람이 술을 마시면 뇌신경이 편해진다. 물론 지나치게 마시면 가슴이 답답하고 얼굴에 열이 올라와 오히려 불편하다.

장이 차가운 사람은 술의 온도를 실온에 맞춰 마시는 것이 좋다. 너무 차게 마시면 장에 부담이 되어 설사 또는 변비가 생기며 가스가 많이 찬다.

혹시 가족 가운데 간염, 간경화, 간암, 간농양, 지방간으로 고생한 사람이 있으면 가급적 금주 또는 절주하는 것이 좋다. 알코올 분해 효소가 적거나 없어서 한 잔만 마셔도 얼굴이 붉어지고 가슴이 뛰며 온몸이 두드러기가 난 것처럼 붉어지는 경우도 좋지 않다.

몸에 열이 많아 겨울에도 반팔, 반바지를 즐겨 입는 사람도 술은 좋지 않다. 과음하거나 장기간 마시면 몸에 열이 더 쌓여서 뾰루지, 아토피, 건선, 염증, 종기, 안구 충혈, 두드러기가 도질 수 있다.

생각의 깊이가 너무 깊어 말이 거의 없이 심사숙고하는 사람은 안으로 쌓이는 것이 많다. 그럴 땐 하루 한두 잔의 약주가 자율신경과 뇌의 긴장을 풀어주는 역할을 한다. 신맛과 탄닌이 과도한 와인보다는 달달한 와인과 스파클링 와인이 좋다. 막걸리의 맑은 부분을 떠낸 청주를 마시는 것도 도움이 된다. 심장병을 예방하고 폐, 기관지의 결절과 기능 저하를 막아주며, 뇌혈관에 찌꺼기가 쌓이지 않게 해준다. 당뇨가 있으면 쌀, 고구마, 찹쌀, 포도 등으로 만든 술은 금해야 한다. 안주로 치즈, 버터, 콩을 곁들이지 않는 편이 낫다.

생각이 얕은 사람은 신맛이 나는 와인과 죽엽청주 등 신맛이 강한 술이 좋고, 안주로는 도토리묵, 두부, 육고기, 문어, 낙지, 조개류가 어울린다. 생각의 넓이가 너무 넓은 대인배는 수축작용이 강한 매실주, 모과주, 신맛과 떫은맛의 와인 등이 좋다. 생각이 좁은 사람은 열을 자주 받아 분노가 치밀어 오르므로 쓴맛이 강한 맥주나 죽순주가 좋다.

생각의 높이가 너무 높아 안하무인인 사람은 세상이 그에게 인생의 쓴맛을 보여주기 전에 쓴맛이 강한 소주, 맥주와 짠맛이 나는 해산물 안주를 곁들여 먹으면서 겸손을 배워야 한다. 안목이 너무 높아 세상 사람들과 어울리지 못하는 사람은 마음속에 쌓이는 갈등을 국화주, 인동초주, 뽕잎주로 풀면 좋다. 생각이 낮아 멀리 보지 못하는 사람은 식견과 고견을 갖춘 사람과 양파주나 인삼주를 마시며 공부하는 시간을 가져야 한다. 생각이 겸손해 주위 사람들을 잘 챙겨주는 사람은 스위트한 와인과 배로 만든 술을 한두 잔 곁들이며 긴장을 푸는 것이 좋다.

생각의 밀도가 촘촘하고 단단한 사람은 향이 좋은 솔잎주, 양파주가 좋다. 신맛이 강한 산수유술은 좋지 않다. 오미자주는 가슴을 막히게 하며, 뇌를 수축시키며, 옆구리 통증을 유발할 수 있으니 피하도록 한다. 막걸리의 윗부분인 청주나 소주 혹은 스파클링이 강한 와인이 체질과 잘 맞는다. 이와 반대로 너무 엉성해 빈틈이 많은 사람은 오디주, 매실주, 산수유주, 오미자주, 레몬주가 좋다. 칡술도 괜찮다.

생각의 순도가 높아 고귀한 인격을 갖춘 사람은 탁하고 진한 술은 좋지 않다. 예를 들어 막걸리 중 아래로 가라앉는 부분, 오디, 하수오, 감으로 만든 술은 좋지 않다. 맑고 향기로운 술이 어울린다. 생각이 탁한 사람은 국화주, 라거 맥주, 유자 또는 미나리로 만든 막걸리가 좋다. 과음 후에는 녹차, 보이차를 곁들이면 몸이 한결 상쾌해진다. 안주로는 갈치조림, 대구탕, 명태국, 조개탕, 농어회가 어울린다.

생각의 색깔이 긍정적인 사람은 단맛이 나는 와인, 막걸리가 좋다. 부정적인 사람은 신맛이 나는 와인과 오미자술, 사케를 마시면 좋지 않다. 생각의 온도가 높아 열이 많은 사람은 쓴맛의 맥주, 매실주, 알로에주, 국화주, 죽순주, 죽엽청주가 좋다. 음주 후에는 다슬기탕을 먹으면 몸이 빨리 풀린다. 생각의 온도가 낮아 몸이 찬 사람은 복분자주, 양파주, 오가피주, 솔잎주, 소주가 좋다. 안주로는 치킨, 양고기, 부추전, 양파전이 어울린다.

한의사 염용하의 내 몸을 살리는 생각 수업

생각의 습도가 높아 집착이 많은 사람은 찹쌀로 만든 술과 오디주, 산수유주, 막걸리는 좋지 않다. 생각의 습도가 낮아 무미건조한 사람은 더덕주, 오디주, 청주, 잣 또는 밤 막걸리가 좋다. 안주로는 전복, 소라, 낙지, 주꾸미, 훈제 연어, 정어리, 치즈, 버터 등이 잘 어울린다.

5장

어떤 마음가짐으로
살 것인가

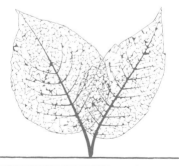

지금의 모습에 연연해하지 말자.
오늘의 내가 아닌 훗날의 나를 꿈꾸며
한 걸음 한 걸음 묵묵히 걸어가자.

스스로를 인정하고
받아들여라

우리는 태어나면서부터 죽을 때까지 평가에서 자유롭지 못하다. '어릴 때 말을 빨리했다' '말이 늦어 걱정을 많이 했다' '한글을 빨리 깨우쳤다' '표현이 거의 없었다' 등등 행동 하나부터 말 한마디까지 모두 평가 대상이다. 옛날 어르신들은 열두 번도 더 변하는 것이 애들이라고 자주 말씀하셨다. 너무 조바심 내며 걱정하지 말고 때가 되길 기다리라는 뜻이다. 그러나 요즘 같은 세상은 다르다. 키부터 몸집, 행동 습관, 지식 정도가 낱낱이 비교 대상이 되어 또래보다 뒤처지거나 하면

외톨이나 왕따가 될 가능성이 높다.

가족 안에서도 상황은 비슷하다. 다른 가족 구성원에게 인정받지 못하면 서로 기분을 상하는 일이 벌어진다. 부모가 자식을 제대로 인정해주지 않았을 때, 자식의 무한한 가능성은 짓밟히고, 자존감은 땅에 떨어진다. 수많은 갈등과 번민의 나날이 계속된다. 부모도 사람인 까닭에 자기가 좋아하는 모습과 싫어하는 행동이 있기 마련이다. 이것은 옳고 그름의 문제가 아니다. 인간이기에 가질 수밖에 없는 딜레마 가운데 하나다.

가장 가까운 이에게 인정받지 못한 사람은 항상 어딘가 모르게 위축되어 있다. 특히 어릴 때 인정받지 못하고 자란 마음 한구석에는 어둠이 쌓여 있다. 어른이 되어서도 이 어둠은 어느 순간 한 번씩 모습을 드러낸다. 인정받기는커녕 늘 다른 사람과 비교당하며 받은 마음의 상처는 사람에 따라서는 한평생 지속된다. 그러므로 가까운 사이일수록 함부로 남과 비교하는 이야기를 해서 상대의 자존심을 무너뜨려서는 안 된다.

한의사 염용하의 내 몸을 살리는 생각 수업

인정은 자신감과 연결된다. 자기 모습을 긍정적으로 보느냐 부정적이고 비관적으로 보느냐를 가르는 중요한 관건이다. 어떻게 보면 평생의 행복을 결정짓는 중요한 요소라고 할 수도 있다.

부모도 자식에게 인정을 받느냐 혹은 그렇지 않느냐에 따라 여생에 느끼는 행복도가 달라진다. 부모로서 자식 잘되라고 애쓴 노력이 정당하게 받아들여지면 더할 나위 없다. 그러나 전혀 반대의 경우도 있다. 뼈 빠지게 일해서 공부시켜놓았더니 결혼하고 나서 나 몰라라 하며 명절 때 얼굴 한 번 비추지 않는 자식도 많다. 이것 또한 넓게 보면 인정의 문제다.

가정, 학교, 사회에서 자신이 존재 가치를 인정받고 있느냐는 매우 중요한 문제다. 어떻게 보면 인정받기 위해 노력하는 것이 우리네 삶인 까닭이다. 그러나 그럴수록 나부터 먼저 돌아보려는 자세를 가져야 한다. 자신이 상대의 능력과 열정을 긍정적으로 바라봐줄 때 주위 사람도 나를 긍정적으로 바라봐준다는 것은 변함없는 진리다.

더불어 자기 자신을 인정할 줄도 알아야 한다. 자신이 스스로를 인정하지 못하면 아무리 많은 사람이 칭찬해도 허공에 떠도는 메아리처럼 공허하게 들린다. 스스로 최선을 다했다며 인정할 때 사람들의 인정을 갈구하며 애쓰는 마음이 가라앉고 성급한 욕심에 브레이크를 걸 수 있는 힘이 생긴다.

누가 뭐래도 내 인생의 주인공은 나 자신이다. 인정받기 위해 하는 조급한 행동은 겉보기에도 티가 난다. 내공을 길러 지식을 축적하고 지혜의 눈을 뜨고 남에게 감사하는 마음을 잊지 않을 때 진정 인정받을 날이 찾아온다. 지금 당장은 제대로 인정받지 못해도, 계속 노력한다면 언젠가는 진심이 통하는 것이다. 지금의 모습에 연연해하지 말자. 오늘의 내가 아닌 훗날의 나를 꿈꾸며 한 걸음 한 걸음 묵묵히 걸어가자.

한의사 염용하의 내 몸을 살리는 생각 수업

이기심을 내려놓는 순간
행복이 찾아온다

한 해가 끝나가는 연말이 가까워지면 누구나 저도 모르게 자신의 삶을 되돌아보게 된다.

'내가 올 한 해 잘살았나?'

'한 해 동안 바삐 다닌다고 다녔는데 얻은 것은 뭘까?'

'열심히 산다고 살았는데, 손에 잡히는 게 하나도 없으니 너무 허무하네.'

'언제보다도 보람찬 한 해였지.'

'나에 대한 관심과 투자가 소홀했어.'

'나이 한 살 더 먹는다고 생각하니 서글퍼지네.'

각자 느끼는 삶에 대한 평가와 소회는 저마다 다를 것이다. 해놓은 것도 없이 시간만 흘러버려 아쉬운 이도 있고, 뿌듯한 성취감과 만족감에 휩싸여 행복한 웃음을 짓는 이도 있고, 몸이 아프고 인간관계가 힘들어 좀 쉬고 싶다는 생각이 드는 이도 있을 것이다. 한 가지 알아야 할 점은 저마다 산다는 것의 의미에 대해서 생각이 다르다는 사실이다.

잘 먹고 잘 자고 회사 잘 다니고 일상적인 삶에 즐거워하는 사람도 있다. 반면에 호구지책을 위해 다니기 싫은 회사를 다녀야 하는 사람도 있다. 또 몸이 천근만근 무거워 아침에 일어나 출근하는 것이 힘든 사람도 있을 것이다. 매사에 감사하고 만족하는 사람도 있지만, 불평과 못마땅함으로 얼굴 찌푸리며 지내는 사람도 있다.

행복하게 산다는 것은 누구에게나 소중한 명제이자 화두다. 하지만 행복한 삶을 위해서 자신이 가져야 할 기본적인 마음가짐과 몸가짐이 무엇인지를 곰곰이 생각하고 고민하는 이는 많지 않다.

한의사 염용하의 내 몸을 살리는 생각 수업

물론 물질적인 풍요가 행복한 삶의 기본 조건이다. 그러나 그게 다는 아니다. 부자로 살면서 고급차를 몰고 명품을 몸에 휘감고 다니면 남들 눈에는 부러워 보인다. 그러나 인간의 본성이란 만족이 없다.

아무리 부자라도 마음이 편치 않은 걱정거리가 있고, 가족 간에 불화와 반목이 끊이지 않으면 실제로는 행복한 삶이 아니다. 김치 하나 놓고 된장국 하나로 밥을 먹어도 웃음과 칭찬, 격려가 끊이질 않는 가족이 행복한 가족이다. 돌아가서 편히 쉴 자리가 있고, 오늘의 일상에 지친 어깨를 두드려주고 따뜻하게 손잡아줄 가족이 있다면 어느 누구도 부럽지 않은 행복한 삶이다.

그에 더해 기본적으로 몸이 건강해야 하고 굴곡진 생각과 비합리적인 성향이 없어야 마음이 밝고 편안하다고 평가할 수 있다. 마음이 어둡고 불편하면 돈과 명예가 있다 하더라도 행복할 수 없다. 어느 누구도 주위 사람들을 애먹이면서 저 혼자 행복할 수 없다. 즉 인간관계가 중요하다는 뜻이다.

좋은 인간관계를 유지한다는 것은 참으로 쉽지 않은 일이다. 노력은 100퍼센트도 모자라다. 내가 할 수 있는 최선의 노력에 알파를 더했을 때 사람들이 주위에 몰려든다. 적어도 120퍼센트 이상 되어야 다른 사람이 나를 대하는 방식이 바뀐다. 고작 30퍼센트 정도 노력했는데, 남이 몰라주어 속상하다는 생각을 품으면 분노, 미움, 원망만 차곡차곡 쌓여간다.

사람은 저마다 살림살이가 다르고 생각의 그릇이 다르고 보는 방향이 천차만별이다. 차이를 인정하지 않고, 자기주장과 고집만 내세우면 인간관계는 무너질 수밖에 없다. 한 배에서 태어난 형제자매도 생긴 모양과 좋아하는 음식, 표현하는 언어, 성격이 다르다. 그러니 성장환경이 전혀 다른 부부, 회사 동료, 모임 회원은 오죽할까? 내 생각이 맞고 옳으니 나를 따르라고 외치는 독불장군은 저 홀로 행복하게 살고 있다는 착각에 빠져 주위의 여러 사람을 괴롭히는 스트레스 인자가 될 뿐이다. 어쩌면 자기 멋대로 행동하고 기분 내키는 대로 말하니 행복하게 살고 있다는 환상도 품을 법하다.

산다는 것은 서로의 아픔과 고통, 힘듦을 알아주는 것이다. 자기 마음속에 든 이기심을 내려놓을 때 나도 행복하고

한의사 염용하의 내 몸을 살리는 생각 수업

주위 사람도 함께 행복한 사회가 된다. 혼자만 이익을 보고 편해지려는 욕망을 조절할 때 행복한 삶을 이어나갈 수 있다.

베푼 것은 잊고 받은 것은
마음에 새긴다

【생각의 넓이】

세상을 바라보는 시각은 저마다 다르다. 세상을 넓게 보는 사람도 있고 좁게 보는 사람도 있다. 사람마다 똑같은 상황을 봐도 해석은 천차만별이고, 받아들이는 정도도 전혀 다르다.

이해의 폭이 넓고 수용을 잘하는 사람은 '나도 그럴 수 있다' '세상에 정해진 정답은 없지' '그 입장이 되어보면 어쩔수 없이 그런 선택을 할 수 있을 거야' 하며 마음을 넉넉히 쓰고 편안하게 넘겨버린다. 하지만 생각이 좁은 사람은 작은 일에도 맹렬한 비판을 가하며, 자기와 다른 점을 꽤 합리적이

한의사 염용하의 내 몸을 살리는 생각 수업

고 논리적으로 설명한다. 그러면서 주위 사람들에게 '그렇지 않느냐?'라고 물으며 억지 춘향식 동의를 구한다. 그러면 듣는 사람 입장에서는 편협하고 독단적이며 자기 중심적이라는 인상을 받기도 한다. 매사 하나하나 따지며 그냥 넘어가지 않으니 여러 사람이 피곤해진다. "좀 쉽게 쉽게 살자"라는 주위 사람의 짜증 섞인 충고도 별 효과가 없다. 모든 것을 자기 관점에서만 쳐다보니, 다른 사람의 형편을 헤아리려는 인간다움도 부족하다. 오히려 자기가 해준 것만 주로 기억한다. 대놓고 "언제 어느 일이 있었을 때 내가 너한테 그렇게 베풀어주고 신경 쓰지 않았냐?"라고 여러 번 강조한다. "나도 고마운 줄 아는데, 이제 그만할 때도 되지 않았어" 하고 대꾸하면 은혜도 모르는 인간이라며 무시와 모멸감을 잔뜩 안겨준다. 거기에 시달리면 며칠 밤을 불면으로 지새워야 한다.

　이런 사람은 홀로 정의롭고 훌륭한 인격을 가졌다는 자기 확신으로 살기 때문에 남의 이야기가 조금이라도 비집고 들어갈 틈이 없다. 좁디좁은 생각에 갇혀 살기 때문에 매사가 불만투성이다. 어떤 일을 처리하든 자기 마음에 드는 거라곤 아무것도 없어서 손수 챙겨야 하니 과로를 하게 된다. 그러다 보면 관절이 손상되어 여기저기가 쑤시고 결리고 아프며 하루 종일 하품을 하면서 졸음과 싸운다. 그래서 늘 인복이 없다는 소리를 입에 달고 다니지만, 진정 남을 위하는 마음으로 대했는지 의문이 가지 않을 수 없다.

옛 선현들은 "자신이 베푼 것은 기억에서 지워버리고, 받은 은혜는 조그마한 것이라도 마음에 새겨두고 기회가 될 때마다 몇 배로 갚아라" 하고 강조했다. 자신을 내세우면서 상대에게 은혜를 갚으라고 강요하는 이 옆에는 눈뜨고 찾아봐도 친구가 없다. 조금 베풀고 많이 받으려는 욕심쟁이의 삶 속에 만족감이 들어찰 공간은 없다. 시간이 흐를수록 곁에 있던 사람들이 하나둘씩 떨어져나가 외롭고 쓸쓸하다.

옛말에 '잘못을 자신에게서 찾는다'라고 했다. 어떤 일이 잘못되었을 때 남 탓 하지 않고 그 일이 잘못된 원인을 자기 자신에게서 찾아 고쳐나간다는 뜻이다. '내 생각이 모나지 않았는가? 상대를 기분 나쁘게 하지는 않았는가? 이해심이 부족하지는 않았는가?'를 매일 한 번씩 되풀이해 생각하면 오

한의사 염용하의 내 몸을 살리는 생각 수업

늘보다는 내일이 더 행복한 삶을 누릴 수 있다. 주위 사람을 너그럽게 대하고 남을 기분 좋게 해주는 것은 자신의 삶이 행복해지고 자기 몸과 마음이 건강해지는 길이다. 표현방법을 부드럽게 하고 처신을 올바르게 하려 노력하는 것은 생각의 넓이를 넓히는 중요한 일이다. 넓은 마음으로 세상과 사람과 일을 바라볼 때 지금까지 스트레스라고 생각했던 것들이 편안하게 다가올 수 있다. 그러면 '마음을 넓게 쓰니 삶이 편안하지'라는 내면의 소리가 들리기 시작할 것이다.

마음을 좁게 쓰고 살면 주름도 더 많이 생기고 표정이 딱딱해져서 주위 사람들에게 인기도 없어진다. 생각을 넓게 하고 삶을 가볍고 넉넉하게 품는 사람은 행복의 기본 조건을 갖춘 셈이다.

옳지 않은 것은
취하지 않는다

요즘 시대에는 착하면 이용당하고 상처받는다는 생각이 널리
퍼져 있다. 독하고 악하게 처신해야 세상살이가 수월하다고
들 말한다. 그래서 마음이 곱고 착한 사람에게는 도리어 "요
즘 그렇게 착하면 살기 어렵다"라는 충고가 돌아온다. 욕을
얻어먹어도 나만 잘 먹고 잘 살면 된다는 이기심이 만연한 사
회에서는 여러 사람의 고통과 눈물을 아랑곳하지 않게 된다.

그러나 남의 눈에 눈물이 흐를 만큼 고통을 주면서 자기
이익을 취한다고 해서 삶이 행복해지는 것은 아닐 것이다.

한의사 염용하의 내 몸을 살리는 생각 수업

원망과 분노의 에너지가 자기 자신을 감싸면 하나둘 어려움이 생겨난다. 자기 것은 천금같이 여기고 남의 것은 가볍게 생각해 함부로 대하면 마음의 에너지도 어두운 쪽으로 흐른다. 억지로 쌓아놓은 것은 언젠가는 흘러나간다. 그게 자연의 이치다. 댐에 가둔 물도 수위가 높아지면 흘려보내야 하지 않던가.

선하게 살아야 좋은 결과가 오고 악하게 살면 좋지 않은 결과가 온다. 이것은 자연이 우리에게 가르쳐주는 변할 수 없는 진리다. 옛말에도 '콩 심은 데 콩 나고, 팥 심은 데 팥 난다'고 했다.

지금 당장은 악한 사람이 권력을 쥐어 높은 자리에 올라갈지 모르지만, 가까운 미래에도 그럴 수 있을지는 시간을 두고 지켜보아야 한다. 눈앞에 보이는 것이 다가 아니다. 미래의 일은 어느 누구도 알 수 없고, 죽을 때까지 그럴 것이라고 단정할 수 있는 사람도 없다. 오직 믿을 것은 선한 일을 많이 해서 하늘의 복 통장에 차곡차곡 저축하는 일이다. 지은 복이 있어야 넉넉한 수확을 기대할 수 있는 이치다.

그러므로 어떤 행동과 말을 하기 전에 '나의 행동이 과연 선한 것인가, 악한 것인가?'를 마음속으로 묻는 것이 좋다.

물론 모든 행동이 선할 수는 없는 노릇이다. 그래서 중요한 것이 반성과 자기 성찰이다. '내가 왜 그렇게 나쁜 말과 나쁜 행동을 했을까?' 하고 묻는 공부가 필요하다. 지나간 일에 대한 반성과 다짐은 자기 인품을 한 단계 업그레이드하는 계기가 된다.

때론 종교도 도움이 된다. 종교의 존재 이유 가운데 하나는 악을 없애고 선을 권하는 것이다. 성경에는 금단의 열매인 선악과를 따 먹은 아담과 이브로 말미암아 인간의 고통과 원죄가 시작된다고 나온다. 석가세존의 마지막 말씀도 '제악막작, 중선봉행(모든 악은 조금이라도 짓지 말고, 모든 착한 일은 받들어 행하라)'이다. 그런가 하면 공자도 어짊을 강조한 '인'의 사상을 강조했다. 종교는 모두 마음속의 소리에 집중하고 선과 악의 갈림길에서 옳다고 선택한 길을 따르라고 말한다.

악한 이의 순간적 영광과 부유함을 부러워하지 말자. 봄, 여름, 가을, 겨울의 사계절이 쉼 없이 변하듯 부귀, 명예, 형편도 변한다. 오늘의 음지가 내일에는 양지가 되고, 어제의 양지가 오늘의 음지가 되는 것은 세상이 순환하는 원리와도 같다.

자기 것이 아닌 이익 앞에서는 무덤덤하게 지나갈 수 있고, 눈앞에 아무리 큰 이익이 있더라도 옳지 않으면 취하지 않는 선한 인간이 많아질수록 살맛 나는 세상이 되지 않을까.

후회 없는 선택은
가능한가

우리는 살면서 여러 가지 선택과 결정을 해야 한다. 지나고 보면 옳은 결정도 많지만 잘못된 결정도 흔한 것이 인생사라서, 아무리 똑똑하고 합리적이라고 자부하는 사람도 실수할 때가 있다. 그러지 않아야 하는데도 인정상, 의리상 거절할 수 없어 억지로 일을 떠안는 경우도 있다. 상황에 매여 자유롭지 않은 선택을 할 수밖에 없는 때도 있다. 칼로 무 자르듯 깔끔하게 정리하면 너무 매몰찬 사람이라고 손가락질당할까 봐 두렵기 때문이다. 그래서 돈을 빌려달라는 부탁도 냉정하

한의사 염용하의 내 몸을 살리는 생각 수업

게 거절하지 못하게 된다.

그러나 이것저것 다 들어주기만 하면 몸과 돈이 남아나질 않는다. 사람 잃고 돈 잃는 선택을 반복하면 삶이 망가지는 것은 시간문제다. 주기는 쉬워도 받기는 어려운 것이 세상의 기본 흐름 중 하나다. 주는 것은 내가 결정하지만 받는 사람이 되돌려주는 것은 상대의 마음에 달려 있다. 내 마음과 상대의 마음이 같지 않으니 행동도 전혀 다르다.

자연의 원리는 돌고 도는 것이다. 봄, 여름, 가을, 겨울이 고정되지 않고 계속 변하듯 우리의 삶도 사계절의 변화에 대비하며 지혜롭게 살아가야 한다. 가을에 넉넉히 추수해 겨울나기를 미리 대비해야 후회 없는 삶을 살 수 있다.

인생의 가을 녘에 서게 되면 마찬가지로 인생의 겨울을 준비해야 한다. 노년이 되면 근력이 떨어지고 움직임이 예전처럼 자유롭지 않다. 미리 준비하는 사람만이 후회 없는 삶을 살 수 있다.

나이가 들어 은퇴하면 소득도 불확실해지고 체력도 예전 같지 않다. 한창때처럼 힘들게 일해도 하룻밤만 자고 일어나면 거뜬해지는 건강 상태가 계속될 리 없다. 자신이 속한 직업군과 산업이 경기 변화에 흔들리지 않고 지금처럼 주도적 역할을 할 수 있을지도 예측하기 힘들다. 시대가 빠르게 변화하는 시점에 무엇을 해서 자신의 능력을 키우고 활동해야 할지 고민하고 역량을 강화하는 데 노력을 쏟아야 한다.

체력과 정신력, 마음 다스림, 좋은 인간관계 유지에 신경을 쓰면서 미래를 대비한다면 삶이 훨씬 행복해진다. 체력이 좋다고 밤새 술 먹고 운동은 뒷전으로 하고 살면 몸이 고장 나기 시작하는 것이 뻔한 이치다. 언제 몸에 이상이 올지는 어느 누구도 모른다. 어느 날 갑자기 술을 먹다 쓰러질 수도 있고, 발을 헛디뎌 넘어지는 바람에 골절이 생길 수도 있다. 자기관리를 철저히 하지 않으면 크고 작은 어려움이 곳곳에서 돌출한다.

자기 인생에서 무엇이 소중한지 모르고 살면 언젠가는 몸과 마음이 무너져 고통받게 된다. 건강도 건강할 때 지켜야지 몸을 망가뜨려놓으면 예전의 몸 상태로 돌아가기까지 엄청난 노력이 들어간다. 약이 다 고쳐주고 의사가 모든 것을 해결해준다는 생각은 순진하기 짝이 없는 발상이다.

시간은 누구에게나 공평하게 주어지지만 쓸모 있게 자신을 관리하는 사람과 대충대충 되는대로 사는 사람의 삶은 전혀 딴판이다. 건강한 몸과 치우침 없는 정신을 가진 사람이 잘산다. 아프지 않고 매일 웃으며 사는 것이 진정한 행복이다. 어느 철학자의 말처럼 완벽한 삶이란 없다지만 지금의 선택과 결정이 미래에 후회를 가져다줄지 웃음을 선사할지는 여전히 알 수 없다.

세상의 변화를 읽고 꿈틀대는 타인의 욕망을 알아채는 마음의 눈을 얻으면 지금보다 후회가 적은 삶을 살 수 있을까? 확답할 순 없지만 한 가지 분명한 사실은 있다. 이 순간의 마음가짐을 편안히 할 때 후회는 멀리 가고 행복이 가까이 다가온다는 것 말이다.

정의란 무엇인가를
다시 묻다

몇 년 전 베스트셀러가 되었던 하버드대 마이클 샌델 교수의 《정의란 무엇인가》라는 책은 우리에게 많은 생각할 거리를 안겨주었다. 세상을 살아가면서 우리는 과연 얼마나 옳은 판단과 견해를 바탕으로 행동하고 있을까? 과연 우리가 정의를 판단하는 기준은 옳은 것일까?

사람마다 옳고 그름에 대한 기준은 다를 수밖에 없다. 자신이 처한 상황, 좋아하고 싫어하는 평소 습관, 낙관적이거나 반대로 비관적인 성격, 가치관, 철학에 따라 기준이 바뀐다.

한의사 염용하의 내 몸을 살리는 생각 수업

정치적인 사건이 벌어졌을 때 우리는 자신이 지지하는 정치인, 정당, 정책, 슬로건에 따라 서로 전혀 다른 입장을 내놓는다. 언론의 뉴스 보도나 신문기사의 논조도 각양각색이다. 하나의 사건에 대해 거의 정반대의 논평을 할 때도 있어서 어느 것이 옳은지 분간하기가 어렵다. 보수주의자를 자처했던 사람이 진보주의자로 변신할 수 있고, 진보주의자였던 사람이 중도적 보수주의자 노선을 택하는 경우도 간혹 볼 수 있다.

살아가면서 직간접적으로 겪는 부침과 희로애락의 물결 속에서 생각이 바뀌고 철학이 변한다. 옳은 일인 줄 알면서도 그냥 넘어갈 때도 있고, 그른 일인 줄 인식하면서도 주위 여건과 상황 때문에 따르는 경우도 생긴다. 지금 내가 옳다고 생각하는 것이 나중에 시간이 흐른 뒤에도 옳을 거라고 주장할 수 있을까? 생각은 변하기 마련이다. 삶을 바라보는 시선, 일을 대하는 태도, 소중하게 여기는 가치 또한 변하지 않는다고 장담할 수는 없다.

다시 생각해보자. 정의란 무엇인가? 공익을 지켜내고 모두가 행복하게 사는 조화로운 삶을 이끌어내는 힘이다. 아무리 옳고 바른 일이라도 그것을 지켜내고 실천할 힘이 없으면 이루어낼 수 없다. 옛 조상들은 마음으로 옳다고 믿는 가치와 정의를 꼿꼿하게 지키려 노력했다. 어쩌면 자신의 개인적 욕심보다는 사회적 정의를 위해 노력하고, 국가적 대의를 지키려고 목숨조차 아까워하지 않았던 많은 사람들 덕택에 현재 우리 인류와 대한민국이 존재하는지도 모르겠다.

그런데 오늘날 지혜와 양심을 바탕으로 정의를 지키려는 사람들이 웃음거리와 냉소의 대상이 되는 모습을 종종 목격한다. 권력을 쥔 자들이 만들어내는 프레임과 이미지가 대중을 속이는 탓이다. 정치는 우리 생각보다 훨씬 더 많은 것을 결정한다. 옳지 못한 일에 야합해 권력을 함부로 휘두르는 정치가 존재한다면 정의가 힘을 발휘할 수 있을까?

시시각각 우리의 삶을 망가뜨리고 위협하는 정치가 바뀌지 않으면 정의는 사라지고 만다. 정치의 목적은 다수의 공공선을 추구하며, 악이 일어나지 않도록 규제하는 것이다. 정치인이 올바르지 않으면 사람들의 한숨 소리는 늘어만 가고 세상은 더욱더 혼란에 빠질 것이다.

번드르르한 말만 늘어놓고, 온갖 쇼로 인기를 얻고, 자신의 권력을 위해서는 온갖 수단과 방법을 가리지 않는 정치인이 계속 자리 잡고 있을 때 우리의 스트레스 지수는 높아만 간다. 립서비스와 얄팍한 술수에만 의지해 출세하려는 사람들이 많아지면 세상은 그에 빌붙어 온갖 이권을 챙기고 사리사욕을 채우는 옳지 못한 사람들의 놀이터로 전락하고 만다.

정치에 무관심하면 양심적인 사람이 변방으로 밀려나고 옳지 못한 사람이 활개 칠 기회가 만들어진다. 모든 시민이 냉정하고 합리적으로 권리를 행사하는 것이 곧 사회적 정의를 실천하는 지름길이다.

하늘은 귀한 것을
그냥 내주지 않는다

장자가 말했다. "일이 비록 작더라도 하지 않으면 이루지 못할 것이다. 자식이 비록 어질지라도 가르치지 않으면 밝지 못할 것이다."

《명심보감》에 실린 이 문장은 아무리 작은 일이라도 실천해야 뜻을 이룰 수 있고, 아무리 좋은 자질을 가진 사람도 노력하지 않으면 어리석어진다는 뜻이다. 말콤 글래드웰이 쓴 《아웃라이어》라는 책에서도 이와 비슷한 내용이 나온다. 바로 1만 시간의 법칙으로, 보통 사람들의 범주를 뛰어넘는 탁

한의사 염용하의 내 몸을 살리는 생각 수업

월한 성공을 거둔 사람들조차 오랜 인내의 시간을 거친 뒤에야 참된 전문가와 장인이 될 수 있었다는 말이다.

매일 꾸준하게 자신이 맡은 일을 할 때 점차 실력이 붙는다. 김연아 선수도 빙상 위에서 세계 최고가 될 때까지 수없이 넘어지는 인내와 고통의 시간을 견뎌야 했다. 처음에는 어렵고 안 될 것 같아 보여도 한 걸음 한 걸음 꾸준히 나아가다 보면 어느새 원했던 목표에 다가갈 수 있다.

지금 당장 모든 것이 백 퍼센트 만족스럽게 해결되었으면 하고 바라는 게 인지상정이지만, 산다는 것은 인내의 연속이다. 내가 원하는 목적이 이루어져 기쁠 때도 많지만, 힘들고 어려워 끙끙대며 사는 때도 많다.

거친 부분을 다듬고 모자란 부분을 채우는 데는 여러 사람의 따뜻한 사랑과 믿음, 그리고 인내의 시간이 필요하다. 하루 이틀 만에 되는 일은 없다. 묵은지 하나를 만드는 데도 2~3년이라는 시간을 기다려야 한다. 그러니 사람을 키우고 교육하려면 성장할 때까지 보살피며 오랜 인내의 시간을 보내야 한다. 처음부터 완벽하게 해내는 사람은 아무도 없다.

직장에서도 자신이 익숙하다고 신참들에게 무리한 요구와 질책을 해서는 안 된다. '나도 소싯적에 저렇게 힘들어했지' 하는 생각으로 잘 다독이고, 잘할 수 있을 때까지 기다려줄 줄 알아야 한다. "처음부터 잘하는 사람은 없어. 시간이 약이지. 어제보다 오늘이 훨씬 낫네" 하며 등을 두드려주자. 후배들에게 기댈 수 있는 든든한 어깨가 되는 것도 의미 있는 일이다. 자신이 겪은 시행착오를 알려주고 뒷사람을 위해 편안한 길을 만들어준다면 더할 나위 없다. 생소한 일에 적응하느라 끙끙대는 신참에게 노련한 선배가 전해주는 필살기는 너무나 고맙고 절실한 도움이다. 힘들고 어려울 때 마음에서 우러나오는 격려와 위로는 주저앉고 싶은 누군가에게 구원의 손길이 될 수 있다.

모든 사람은 꽃피고 새가 노래하며 활동하기 좋은 봄날을 좋아하고 그리워한다. 그러나 봄의 바로 앞 계절이 겨울임을 기억하는 사람은 드물다. 나무는 겨울의 혹독한 추위를 버티며 뿌리 속에 생명을 저장하고 기다린다. 아무리 추위도 자신이 해야 할 일에 대한 희망의 씨앗을 놓지 않고 땅속 깊은 곳에 아무도 모르게 차곡차곡 쌓아둔다. 겨울이라는 혹독한 시간이 길고 힘들어도 묵묵히 인내하며 자신의 근본을 지킨다. 봄날이 되었을 때 보여줄 아름답고 향기로운 꽃을 생각하며 인내하고, 또 인내한다.

어렵고 힘든 겨울이 지나면 봄이 오는 것은 자연의 순리이자 변할 수 없는 이치다. 겨울 속에서 우리가 지켜야 할 근본 뿌리가 무엇인지 잘 생각해 지혜롭게 사는 자세가 필요하다.

'인내는 쓰다. 그러나 그 열매는 달다'라는 유명한 말을 잊지 말고 묵묵히 자신이 할 일을 하자. 인내하는 사람에게 복이 있다. 하늘은 귀한 것을 그냥 내주지 않는다. 인내의 고통이 삶을 행복하게 만드는 기반이 된다.

단지 오늘도 최선을 다해
살 뿐이다

우리는 대개 자기가 보고 싶은 부분만 보고 자신이 옳다고 인정하는 점만 들으려는 경향이 있다. 그래서 "내 생각은 이렇다, 저렇다"라는 말을 입에 달고 산다. 하지만 과연 내 생각이 다 옳을까?

같은 이야기도 받아들이는 사람이 누구냐에 따라 진실이 될 수도, 거짓이 될 수도 있다. 똑같은 말을 해도 사람마다 받아들이는 정도가 다르고 평가도 갈린다. 아무리 좋은 일이라고 해도 때에 맞아야 하고, 이야기를 듣는 사람의 입장을 생각해줘야 한다. 상대의 형편과 사정, 분위기에 따라 호의를 거절해야 할 때도 있고, 마음에 내키지 않지만 억지로 받아들여야 하는 순간도 있다. 지금 생각에는 이런 것이 맘에 들고 저런 것이 싫지만 시간이 지나 세상 이치를 조금씩 깨우치면 마음가짐이 달라지는 자신의 모습을 발견할 수도 있다.

세상을 움직이는 이치 중 하나가 바로 이익과 손해라는 키워드다. 이익과 손해에 흔들리지 않는 사람은 속세를 초탈한 신선 말고는 없을 것이다. 인간 세상에서는 '자신에게 이익이 되느냐, 손해가 되느냐'가 모든 판단의 기준이 된다. 가까운 사이도 자신에게 손해가 된다고 생각하면 과감히 단절하는 게 인간의 기본 심리다. 반면에 멀리하던 사람도 이익이 된다면 가까이 지내려고 노력한다.

과거에는 한 부모 밑에 난 자식들 간에 농사가 잘되는 땅을 서로 차지하려고 다투는 경우가 많았다. 부모가 마음에 드는 자식에게 옥토를 주고, 다른 자식은 고만고만한 땅을 물려줬기 때문이다. 하지만 도시가 개발되어 도로가 생기고 아파트가 지어지면서 상황은 달라졌다. 농사가 잘 안되는 땅 값이 몇 배로 뛰고, 옥토는 개발지에 포함되지 않게 된 것이다. 자식 간에 새로이 분란이 일어나는 건 당연하다. 20년이 지난 지금에 와서 땅을 바꾸자는 얼토당토않은 제안을 하는 경우까지 생긴다. 심지어 비싼 땅을 팔았으니 자기 지분에 해당하는 돈을 달라고 생떼를 쓰는 경우도 있다.

인생이란 복불복 게임이라고 했던가! 자기 복 그릇의 크기만큼 사는 게 인생이다. 공부 못한다고 괄시받던 자식이 크게 성공해서 오히려 효도하는 경우도 많다. 누가 앞으로 어떻게 될지는 아무도 모른다. 미래를 안다면 하는 것마다 모두 다 잘될 테지만, 알 수 없는 게 우리의 내일이다. 단지 오늘도 최선을 다하면서 살 뿐이다.

물론 확률적으로 이야기하자면 세상의 흐름을 읽고 대인관계를 잘하는 사람이 성공할 가능성이 높다. 고지식하고 원리 원칙만 따지는 사람을 편하게 생각하는 사람은 없다. 성격이 시원시원하고 상대의 마음을 읽고 헤아릴 줄 아는 사람이 인기가 많은 것은 당연하다. 우리는 자신에게 관심을 가져주고 건강을 챙겨주고 아플 때 죽이라도 한 그릇 사서 갖다주는 따뜻한 이에게 인간적 정을 느낀다. 상대의 마음을 얻는 일을 소홀히 하면 인맥 네트워크에서 제외되기 십상이다.

일방통행은 오래가지 못하지만 쌍방 간의 교류는 길게 간다. 힘들 때 팔베개가 되어주고 어깨를 토닥이며 손을 따뜻하게 잡아주는 사람이 많을수록 성공적인 인생을 살았다고 할 수 있다.

세상에서 내가 해야 할 일을 잊지 말자. 사랑하는 배우자, 자식, 가족, 동료, 친구에게 마땅히 해야 할 일을 바쁘다는 핑계로 그냥 넘어가지 말자. 5분, 10분이면 내 마음을 전할 수 있는 귀한 기회를 놓치지 말자. '그냥 넘어갈 수도 있지' 하는 생각을 하는 순간 상대의 가슴에 섭섭함과 원망이 들어찬다. 감정은행에 마이너스가 생기는 순간이다. 가까운 사람이 서운함을 느끼지 않도록 관심을 표현하는 것이 인생을 잘사는 이치 중 하나다.

행복이 넘치는 가족은 서로 양보하고, 조그마한 도움에도 고마움을 표현하는 버릇이 몸에 배어 있다. 서로 상대의 자존심을 건드리는 말을 하지 않고, 밖에서 기분 나쁜 일을 당해도 엉뚱한 가족에게 분풀이를 하지 않는다. 가까운 가족에게 괜히 화풀이를 하면 사랑받지 못한다는 생각이 들고 면역력이 떨어져 환절기마다 감기와 알레르기 비염을 달고 살게 된다. 친근하고 자상하게 마음을 다독여줄 때 바깥에서 받은 스트레스가 풀리고, 경직된 근육이 부드러워지며, 기분이 좋아져 숙면도 취할 수 있다.

'가정이 편해야 하는 일이 잘된다'는 말은 진리 중의 진리다. 모든 일에 가성비를 따지는 것은 중요하지만, 가족 간에도 그렇게 생각하고 행동한다면 서글픈 노릇이다. 가까이 있는 사람의 힘든 사정에 신경 쓰지 않고 쓸데없는 인간관계를 넓히느라 애쓰는 게 잘사는 모습일 리 없다. 불평불만이 올라오는 순간을 바로 알아차리고 말과 행동을 조절할 때 나의 행복이 지켜지고 가족의 행복도 유지할 수 있다. 가족을 함부로 대하고 넘어서는 안 될 선을 자주 넘으면 삶이 망가진다. 말한마디라도 조심하지 않으면 고통의 나날이 계속된다.

우리는 소중한 존재다. 당연히 타인도 소중하다. 타인의 생각을 존중해주고 따뜻하게 다독일 줄 알아야 한다. 눈을

한의사 엄용하의 내 몸을 살리는 생각 수업

씻고 잘 찾아보면 수많은 결점 중에 장점이 하나씩 눈에 들어오기 마련이다. 가족일수록 나를 낮추고 상대를 높이는 연습이 필요하다. 이것이야말로 행복한 삶을 살 수 있는 만고불변의 이치이자 가장 중요한 덕목이다.

노력이 결국
운을 만든다

어떻게 사는 것이 정말 행복하고 지혜로운 삶일까? 많은 사람이 행복을 느끼고 때로는 불행을 경험한다. 인간으로 태어난 이상 어느 누구도 힘들고 불행한 삶을 살길 바라지 않는다. 누구나 행복해지려고 끊임없이 노력하고 고민한다. 의욕과 열정을 가지고 하나라도 더 배워서 성공의 밑천으로 삼으려고 노력하는 모습은 존중받을 만하고, 그런 사람에게는 칭찬과 격려가 필요하다.

처음부터 잘하는 사람은 아무도 없다. 자전거 타기 하나를 배워도 여러 번 넘어지면서 아파보아야 한다. 태어나면서부터 잘하는 천부적 재능을 가진 사람도 간혹 있지만, 그런 사람들도 피나는 훈련과 노력 없이는 능력 발휘가 잘되지 않는다. 세상사 어느 하나 쉽고 수월한 일은 없다.

그러니 조급한 마음을 버려야 한다. 마음이 조급해지면 서투름과 실수를 용납하지 않고 자기 자신을 몰아붙인다. 자신감이 떨어지고 주눅 들게 만드는 많은 일 앞에서 스스로를 괴롭히다가 결국 무너진다. 어느 누구도 완벽하지 않다. 계속해서 부족한 부분을 메워나갈 뿐이다.

준비되지 않은 사람은 아무리 좋은 운이 따라줘도 성공할 수 없다. 어쩌면 운 좋은 사람이란 평소 자신의 장단점을 파악하며 견문과 안목을 넓혀 지혜로운 이의 당부를 소홀히 넘기지 않고 가슴에 담아두는 사람이다. 좋은 운을 만드는 것도 자신이고, 나쁜 운을 부르는 것도 바로 자신이다. 남들은 저 사람 운이 좋아서 잘되었다고 수군대지만, 오늘날이 있기까지 그 사람이 얼마나 눈물겹게 노력했는지 잘 모르는 경우가 대부분이다.

《명심보감》에 "큰 부자는 하늘이 내리고, 먹고살 만한 재물은 부지런하게 노력하는 사람에게 온다"라고 했다. 부지런히 노력하면 큰 부자는 못 되어도 최소한 작은 부자는 될 수 있다. 열심히 노력하는 사람은 당해낼 재간이 없다. 운이 좋지 않은 것을 비관하고 한숨 쉬며 시간을 보내는 사람과 조그마한 일이라도 노력하면서 어려움을 벗어나려 노력하는 사람의 삶은 완전히 다를 수밖에 없다.

위로 내딛는 한 발자국이 모여 산 정상까지 오를 수 있다. '저 높은 산을 언제 올라가나!' 하고 지레 포기하는 사람은 정상에 올랐을 때 느끼는 벅찬 감동, 땀 흘린 뒤 맞이하는 시원한 바람의 고마움을 절대 알 수 없다. 묵묵히 한 발자국씩 앞으로 나아가다 보면 어느새 목표에 도달하는 게 인생이다. 불평불만만 늘어놓으며 투덜이로 살아봐야 남는 것은 스트레스로 얻은 병과 굳은 인상뿐이다.

건강도 하루하루를 소중히 여기며 살아가는 사람에게 주는 큰 선물이다. 세상만사가 귀찮고 게을러질 때, 우리 몸과 마음에는 병이라는 그늘과 어둠이 스며들기 시작한다. 건강

한의사 염용하의 내 몸을 살리는 생각 수업

을 잃으면 할 수 있는 일의 범위가 줄어들고, 평소 맛나게 먹던 음식도 편하게 먹을 수 없다. 좋은 운을 누리려면 우선 건강해야 한다.

세상살이에 어려움 없는 사람이 없다. 고단한 삶 속에서 성실히 최선을 다하는 노력만이 좋은 운을 만든다. 자신의 삶을 지키려 노력하는 사람이 좋은 운을 불러들이는 법이다. 계속되는 노력과 인내 속에서 행복과 건강의 진주알은 영글어 간다.

자기 분수 밖의 일에 매달리고 안달하면 좋은 운은 금세 나쁜 운으로 바뀐다. 일상에서 하지 않아야 할 행동은 과감히 절제하며 행복해지는 데 도움이 되는 일은 사소한 것이라도 실천할 때 운이 좋아진다. 운 좋은 사람이 많아질 때 세상은 웃음이 넘치는 곳이 될 것이다.

내 인생의 주인공으로
살아가기

이 세상은 자기 혼자만 사는 게 아니다. 그래서 가족을 비롯한 학교, 직장, 사회에서 자신이 해야 할 일의 범위와 역할이 어느 정도 정해져 있다. 그 속에서 때로는 주연을 맡고 때로는 조연을 맡기도 한다. 주연이 조연이 될 때도 있고 조연이 주연이 되는 때도 있다. 어떤 사람들은 늘 주인공의 삶을 꿈꾸고, 어떤 사람들은 많은 사람에게 주목받는 주인공 대신 조연의 삶이 편해서 좋다고 말한다.

그러나 어느 경우든 자기 생각을 아이디어로 적절히 바꾸는 전환 장치가 있다면 배역에 상관없이 그 자리의 주인공이 될 수 있다. 다른 사람의 생각에 휘둘리지 않고, 내 삶을 주인공으로 살아가는 것은 중요한 일이다.

내 속에 들어 있는 여러 생각 속에는 내 것이 아닌 주위 사람의 이야기도 많다. 불합리하고 왜곡된 타인의 관점이 내 삶을 지배할 때 우리 인생은 비참해진다. 강요에 못 이겨 중요한 문제를 섣불리 결정하면 후회가 남는다. 중요한 문제는 지혜와 경험을 가지고 있는 이에게 의논하는 자세가 필요하다. 자신을 냉정하게 보고, 역량이 되는지, 할 수 있을지, 견뎌낼 수 있을지 곰곰이 따지는 것도 실패를 예방하는 안전장치다.

'제가 다 알아서 해요'라고 툭 쏘며 소통을 거부하는 사람은 결코 삶의 주인공이 될 수 없다. 수많은 조연의 도움 없이 주연 혼자 잘될 수는 없는 법이다. 가까운 이의 충고를 듣고 자신의 단점을 바꾸려는 자세가 필요하다.

물론 잘되고 못되고는 자신에게 달려 있다. 언제나 사람들의 의견에 휘둘려 아침과 저녁때의 이야기가 다르다면 문제가 아닐 수 없다. 유명한 사람의 이야기라고 무조건 믿고 따라하면 안 된다. 자신에게 독이 될지 약이 될지는 깊이 따져 봐야 한다. 상식을 벗어난 것은 결코 진리가 아니다. 상식선에서 이해할 수 없으면 제아무리 유명인의 의견이라도 모두 합리적이라고 할 수 없다. 또 과거에 성공한 방식을 고집해 시대의 변화를 읽지 못하고 주저앉아 있다면 결과는 뻔하다.

마음속에 집착이 남아 있어도 엉뚱한 생각과 행동으로 이어진다. 사람, 물건, 명예, 권력, 지위, 돈, 자식에 대한 집착은 진정한 주인공으로서 자기 인생을 살지 못하게 가로막는다. 물건과 명예가 주인공의 자리를 대신하면 남는 것은 허망함뿐이다.

매일 주인공으로 살기 위해서는 '내 삶을 행복하게 할 수 있는 것이 무엇일까?'를 화두 삼아 고민해보아야 한다. 지금 나를 흔드는 생각을 알아차려 비워내야 할 것은 비워내고 채워야 할 것은 채우며, 욕망이 야생마처럼 삶의 터전을 짓밟고 다니지 못하도록 절제해야 한다. 잘못된 생각은 판단을 그르치고 부적절한 행동을 유발하는 탓이다.

어느 곳에 있든 주인공의 삶을 사는 것이 자신을 지키는 길이다. 바람잡이와 호객꾼의 달콤한 유혹에 넘어가지 않으려면 정신을 똑바로 차리고 내 삶을 찾아야 한다. 들뜬 마음, 가라앉은 마음, 남보다 부족하다는 열등감, 잘난 체하고 싶은 마음, 이것저것 생각지 않고 급하게 결정하는 마음, 남이 좋다면 무조건 따라하는 마음의 내면에 있는 주체는 진짜 주인공이 아니다. 눈, 귀, 코, 입, 몸의 편안함을 추구하고, 기존 사고방식만 고수하면서 살아간다면 얼마 안 가서 주인공의 자리를 내놓아야 한다. 늘 진짜 주인공으로 살려면 어떠해야 하는지 스스로에게 되묻고 답해야 한다.

오늘도 상대의 말 한마디나 사소한 행동에 기분이 좌지우지된다면 주인공의 삶을 산다고 할 수 없다. 끝까지 자기주장을 관철한다고 주인공이 되는 것도 아니다. 내 생각이건 다른 사람의 생각이건, 생각의 합리성이 중요하다. 자기 생각만 옳다고 밀어붙이는 사람은 볼썽사납기만 하다.

주인공의 삶은 독단과 아집에서 벗어나 함께 행복해지는 삶이다. 틀려도 일단 우기면서 이겨보려는 못된 습성을 버리지 않으면 주위에 사람들이 계속 떨어져나간다. 내가 옳다는 생각만으로 사람을 대하면 두꺼운 벽 앞에 서 있는 느낌을 줄 수 있다. 상대에게 휘둘려서도 안 되지만 다른 사람을 무시해서도 안 된다. 타인을 존중할 줄 알고 세세하게 배려하며 기분이 상하지 않게 처신하는 것이 기본이다.

이르는 곳마다 주인이 된다면 서 있는 자리 모두 진실이 된다. 주인공의 삶은 진정으로 나를 지키는 길이고, 주위 사람들의 인생에 긍정적 영향을 미치는 좋은 방법이다. 우리 모두 주인공의 삶을 살자.

생각이 바뀌면
삶이 달라진다

어느 해 무더운 여름날, 꼿꼿해 보이는 70대 어르신이 한의 원에 찾아왔다. 초여름 어느 날 반팔을 입고 시장 갔다 오는 길에 피부가 부풀어 오르기 시작했다면서 진료를 요청했다. 처음에는 벌레에 물렸나 싶어 가볍게 넘어갔다고 했다. 그런 데 외출만 하면 햇볕에 노출된 부위가 심하게 부풀었다. 얼굴, 목, 팔이 모두 알레르기 반응을 보이는 바람에 급기야 챙 큰 모자, 선글라스, 마스크, 머플러, 장갑으로 몸을 꽁꽁 싸매고 다녀야 했다. 아주 조금이라도 햇볕에 노출되기만 하면 어김없이 그 부위에 두드러기가 나타났다.

문진을 한 결과, 문제의 원인은 스트레스였다. 얼마 전 딸이 이혼을 했는데, 그 소식에 충격을 받아 건강했던 몸이 여기저기 이상이 생기기 시작한 것이다. 사위가 밉고 원망스러워 생각만 해도 분노가 치밀어 오르며, 밥맛도 뚝 떨어져 어지럼증이 심해지고, 얼굴에 달아오르는 열 때문에 불편해졌다.

원래 어르신은 몸에 열이 많아 겨울에도 냉수를 마시는 체질인데, 자식 문제로 더 열을 받은 것이다. 스트레스로 심장에 열이 쌓인 데다가 뜨거운 햇볕의 열기가 더해지니 피부 점막 가까이 있는 세포에 좋지 않은 반응이 나타나는 건 당연했다.

어떤 증상은 몸이 아닌 마음에서 비롯된다. 마음은 곧 지금 내가 하고 있는 생각이다. 어떤 생각을 하느냐에 따라 내 삶의 결과가 달라진다. 생각은 행동에 영향을 주고, 성격과 체질의 뿌리를 만든다. 당연히 건강한 삶을 사는 데도 생각이 중요하다. 생각이 바뀌지 않으면 삶이 달라지지 않는다. 몸이 아프고 건강하지 못하다는 것은 지금까지의 생각을 바꾸라는 신호다. 경고를 제대로 받아들이지 않고 가볍게 넘기면 큰 병이 온다. 자신이 아무리 똑똑하고 능력이 있다고 하더라도 몸이 받쳐주지 않으면 할 수 있는 일이 없다. 몸이 안 좋아 매일 누워 있기 일쑤이며 밥을 먹는 일조차 주위 사람의 도움을 받아야 한다면 삶이 행복할 리 없다. 생각이 달라지면 식단, 운동, 수면 습관, 세상을 바라보는 눈, 사람들을 대하는 태도가 달라진다.

생각의 차이가 삶의 질을 좌우하듯, 내가 나를 바라보는 시각에 따라 행복의 정도도 달라진다. 자신을 긍정적으로 보는 사람은 매사 사려 깊게 행동하며 다른 사람을 너그럽게 받아들인다. 겸손하면서도 자존감이 있고, 세상의 변화를 미리 예측하는 지혜도 발휘할 줄 안다. 어떤 자리에서든 성심성의 껏 사람들을 대하면서도 속임수에 쉽게 넘어가지 않는다. 분위기 메이커로서도 인기 만점이다. 내미는 손이나 말씨, 태도가 훈훈해서 냉혈한의 마음까지 녹이는 인품을 자랑한다. 일시적 이익에 유혹당하지 않고, 지나치거나 부족함 없이 중용을 지킬 줄 안다.

이와 반대로 자신을 부정적으로 보는 사람은 처량하기 그지없다. 만사가 귀찮아 노력을 기울일 생각조차 내기 힘들다. 다른 사람은 모두 대단해 보이고, 인생을 헛살았다는 회한만 가득하다. 생각의 순도가 탁해지고 유연성이 떨어져 남과 소통하기가 어렵고, 안정감이 떨어져 매사에 불안해한다.

생각을 다스리지 않으면 자신의 삶뿐만 아니라, 주위 사람

한의사 염용하의 내 몸을 살리는 생각 수업

들의 마음까지 불편해진다. 생각을 부드럽게 조절해서 기분 나쁘고 힘든 순간을 잘 참아내고 가볍게 털어내도록 노력한 다면 스트레스로 인한 몸의 불편함은 예전보다 훨씬 줄어들 것이다.

봄, 여름, 가을, 겨울의 사계절이 흘러가듯 세상사와 인심도 계속 바뀌고 있다는 이치를 꿰뚫을 필요가 있다. 특히 리더의 자리에 있는 사람일수록 자신의 생각이 많은 사람에게 큰 영향을 미친다는 사실을 알아야 한다. 극단과 편견, 아집에 휩싸인 잘못된 생각은 그가 이끄는 조직을 망칠 수 있다. 리더가 경청하는 태도를 보이지 않고 성찰을 게을리하면 생각의 틀이 굳어져 불통의 벽이 높아진다. 벽이 높으면 그늘의 범위도 넓어져 어둠이 빨리 찾아온다. 이것은 누구도 부인할 수 없는 자연의 이치다. 가정, 사회, 조직에서 모든 리더가 생각의 폭을 넓히고 말과 행동의 파급력을 심사숙고할 때 조직 구성원들은 신나고 행복해진다.

다시 한 번 강조하지만 생각이 문제다. 잘못을 깨닫고 고치는 것은 부끄러운 일이 아니다. 오랫동안 망나니짓을 하던 사람도 한순간에 생각을 바꾸면 고결한 인격자가 될 수 있다. 지금까지 자신을 괴롭히던 잘못된 생각을 바꾸는 자는 행복의 문을 열 열쇠를 손에 쥘 것이다. 그러지 않고 기존의 잘못된 생각을 바꾸지 않는 자는 자신과 함께 다른 사람까지 어둠의 터널에 가두는 결과를 불러온다는 사실을 명심하자.

한의사 염용하의 내 몸을 살리는 생각 수업

한의사 염용하의

내 몸을 살리는
생각 수업

1판 1쇄 인쇄 2019년 8월 12일
1판 2쇄 발행 2019년 10월 7일

지은이 염용하
발행인 임채청
책임편집 박혜경

펴낸곳 동아일보사 | **등록** 1968.11.9(1-75) | **주소** 서울시 서대문구 충정로 29(03737)
편집 02-361-0967 | **팩스** 02-361-0979
인쇄 중앙문화인쇄

저작권 ⓒ 2019 염용하
편집저작권 ⓒ 2019 동아일보사

ISBN 979-11-87194-74-3 03800 | **값** 15,000원

이 도서의 국립중앙도서관 출판예정도서목록(CIP)은 서지정보유통지원시스템
홈페이지(http://seoji.nl.go.kr)와 국가자료공동목록시스템(http://www.nl.go.kr/kolisnet)에서
이용하실 수 있습니다.(CIP제어번호: CIP2019030197)